贴心·担当

——安徽外事战“疫”记

安徽省人民政府外事(港澳事务)办公室　编

合肥工業大學出版社

图书在版编目(CIP)数据

贴心·担当:安徽外事战“疫”记/安徽省人民政府外事(港澳事务)办公室编.
—合肥:合肥工业大学出版社,2021.12
ISBN 978-7-5650-5539-3

Ⅰ.①贴… Ⅱ.①安… Ⅲ.①纪实文学—作品集—中国—当代
Ⅳ.①I25

中国版本图书馆 CIP 数据核字(2021)第 249700 号

贴 心 · 担 当

——安徽外事战“疫”记

安徽省人民政府外事(港澳事务)办公室 编　　责任编辑 张 慧

出 版	合肥工业大学出版社	版 次	2021 年 12 月第 1 版
地 址	合肥市屯溪路 193 号	印 次	2021 年 12 月第 1 次印刷
邮 编	230009	开 本	710 毫米×1010 毫米 1/16
电 话	人文社科出版中心:0551-62903205	印 张	10.75
	营销与储运管理中心:0551-62903198	字 数	176 千字
网 址	www.hfutpress.com.cn	印 刷	安徽联众印刷有限公司
E-mail	hfutpress@163.com	发 行	全国新华书店

ISBN 978-7-5650-5539-3　　定价:40.00 元

如果有影响阅读的印装质量问题,请与出版社营销与储运管理中心联系调换

《贴心·担当——安徽外事战“疫”记》
编　委　会

序

2018 年 1 月，习近平总书记在学习贯彻党的十九大精神专题研讨班上列举了 8 个方面 16 个风险，其中就特别讲到“像非典那样的重大传染性疾病，也要时刻保持警惕、严密防范”。

2 年后，新冠肺炎疫情率先由中国人发现并通告全世界。在全世界的关注下，在或质疑、诋毁，或同情、声援的复杂外部环境中，中国共产党团结带领中国人民进行了异常惊心动魄的抗疫斗争，经受住了历史的考验，以可歌可泣的伟大壮举铸就了中华民族复兴征程上新的丰碑。

习近平总书记审时度势、果断决策，把抗击疫情作为“头等大事”“最重要的工作”，提出“坚定信心、同舟共济、科学防治、精准施策”的总要求。从以巨大的政治勇气果断“封城”，到以“中国速度”“中国力量”与时间赛跑、与病魔较量，再到统筹疫情防控和经济社会发展，在疫情防控的全过程和每个关键点，以习近平同志为核心的党中央都以高超的战略决断和全局把控能力，指引着奋力实现疫情防控和经济社会发展双胜利的前进方向，激励着广大干部群众万众一心、奋战到底。在国内疫情逐步好转，全球疫情多点暴发、快速蔓延的危急时刻，习近平总书记同多方密切沟通、深入交流，开展了一系列元首外交，深刻阐明中国立场，提出中国主张，积极呼吁世界各国携起手来，共同抗疫，带头践行构建人类命运共同体的伟大主张，展现了全球战“疫”中的大国担当。

面对百年变局与全球疫情的外部冲击，中国作为世界和平建设者、全球发展贡献者、国际秩序维护者的重要角色日益凸显，并且中国在疫情叠加影响下负重前行，取得一个又一个胜利。而新冠肺炎疫情的全球大流行，按下了地方外事工作的暂停键。一系列传统的对外交流合作方式受疫情影响几乎全部停摆。如何更好地履行中央赋予地方外事的使命任务，在这场新冠肺炎疫情的世纪大考中充分发挥自身作用，化外事资源为抗疫资源，把职能优势转化为抗疫优势，成为摆在外事人面前的一个崭新的课题。

回顾习近平总书记关于外交外事工作的重要讲话，总书记指出，对外工作是一个系统工程，政党、政府、人大、政协、军队、地方、民间等要强化统筹协调，各有侧重，相互配合，形成党总揽全局、协调各方的对外工作大协同局面，确保党中央对外方针政策和战略部署落到实处。总书记的这些重要讲话，深刻阐明了地方外事工作在全国对外工作中的地位和作用，寄托了对地方外事工作的殷切期望，为地方外事工作指明了努力的方向。

大事难事见担当，危难时刻显本色。疫情发生后，安徽外事坚持以习近平新时代中国特色社会主义思想和习近平外交思想为指引，在外交部和省委、省政府的坚强领导下，围绕中心、服务大局，勇于担当、主动作为，打破传统、开拓创新，积极践行构建人类命运共同体的主张，服务国家总体外交，服务全省疫情防控和经济社会发展，努力于变局中开新局，展开了一幅幅团结抗疫的生动画卷，演绎了一串串动人心弦的精彩故事：

——他们努力当好在皖外籍人员“贴心人”。国内疫情突袭而至，安徽外事第一时间向在皖外籍人士发布疫情动态信息、疫情防控政策，受理电话咨询，协助办理出入境手续，看望慰问因疫情滞留安徽的外籍人员和外国留学生，关心帮助每一名在皖外国人，全力保障他们的合理诉求。

——他们连续奋战在疫情防控最前线。在国外疫情蔓延最严重的阶段，外事干部应声而动，迅速组织奔赴归国人员第一入境点，开展接转工作。担负省疫防办外事组职责，第一时间发布疫情防控涉外政策信息，扎实做好疫情外防输入工作，统筹对外捐赠、入境复工包机和临时航班，服务疫情防控和复工复产。

——他们尽己所能帮扶在外皖籍同胞。在全球疫情大流行的背景下，安徽外事调动境内外各种资源，汇聚前后方工作合力，帮助身处国外的华人华侨、留学生排忧解难。一次次跨越时空的视频连线陆续开展，一批批精心筹措的抗疫物资陆续分发，一批批海外学子、困难华侨平安回国。

——他们扎实做好服务复工复产工作。安徽外事帮助外国专家和技术人员来皖返岗复工，配合完成入境安徽复工包机和临时航班协调保障工作；在各类主流媒体和新媒体平台发布多语种信息；筹划举办安徽与东盟对话会、与韩国制造业对接会、驻华使节话安徽等主题宣传交流活动；落实世界制造业大会江淮线上经济论坛相关任务，不断拓展对外交往布局。

——他们积极推动抗疫国际合作。国内疫情严峻时期，安徽外事主动联系国际友城、友好组织、华人华侨对皖捐助抗疫物资。国内疫情好转时，及时与各国友城、外国驻沪总领馆召开视频会议，互致信函分享抗疫经验，推动交流合作；开展“云签约”，与各国有关省州签署结好协议书或意向书。患难之际，安徽外事用行动诠释团结就是战胜病魔的有力武器，命运共同体才是守望相助的真挚情谊。

毫无疑问，这场被称为“1918 年大流感以来最严重的传染病大流行”“第二次世界大战结束以来最严重的全球公共卫生突发事件”已经深刻影响并将继续影响我们身处的这个世界。人类与新冠病毒的抗争远未结束，未来或许还有很多困难在等待着我们去克服。但是，当我们在忙碌的间隙，偶尔回顾走过的这段艰辛的历程，那些经历过的恐慌、悲伤、焦虑、无助，或许都已化作对举国抗疫的一份感动、对众志成城的一丝欣慰，化为身处这个大时代下对国家、民族的满腔自豪，化成对未来必将能够克服一切艰难险阻的笃定信念。

前　　言

岁寒知松柏，烈火见真金。

2020 年初，新冠肺炎疫情突袭而至并在全球扩散蔓延，给世界人民生命安全带来巨大威胁，给全球公共卫生安全带来巨大挑战，也让人们真实感受到各国命运休戚与共、紧密相连。习近平总书记指出：“人民群众生命安全和身体健康始终是第一位的，疫情防控是当前最重要的工作。”

在这个不寻常的春天里，在这场疫情防控的阻击战中，我们每个外事人都在为共同的目标而战。全省外事系统在关键时刻全面动员，他们肩膀挑起的，是责任更是担当；他们全力坚守的，是日常更是使命。

本书旨在通过图文并茂的形式，展现外事战线上、疫情防控阻击战里的“最美逆行者”，他们在关键时刻肩负使命，他们在抗疫一线践行初心，他们用实际行动诠释了“青山一道同云雨，明月何曾是两乡”。

在编写过程中，由于我们水平有限，加上资料不齐全，有些事迹可能被遗漏而未入编，在此深表歉意。最后谨向为本书编写提供素材的各位同人表示衷心感谢。

目　　录

守望相助

抗疫防疫

“疫”战到底

附　录

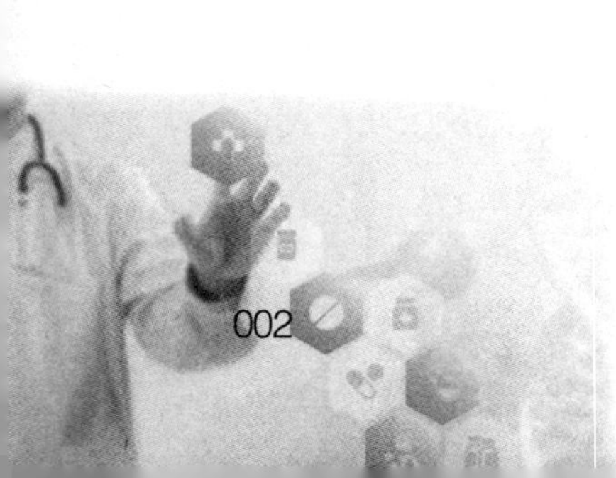

守望相助

皖 韩 篇

江淮煦风暖 汉江繁花开

2020 年 3 月 9 日，初春蕴含希望，但冬末初春的风仍带有肆虐余威，依然让人感到阵阵寒意。安徽天星医药集团有限公司的仓库内，却是另一番热火朝天的景象。装有总价值 100 多万元人民币的口罩和防护服的纸箱整齐堆放在货架旁，每个箱子两侧张贴的印有“江淮煦风暖 汉江繁花开”醒目字样、苍翠安徽迎客松与灿烂韩国木槿花的标签分外引人注目。省外办 6 名工

准备捐赠韩国江原道和庆尚北道的抗疫物资

作人员和该公司10多名工作人员共同紧张忙碌近3个小时，这批安徽省捐赠韩国的抗疫物资次日将从合肥启运，最终运抵韩国新冠肺炎疫情比较严重的庆尚北道和江原道，以解当地这两种抗疫医疗物资紧张的燃眉之急，助力韩国抗击疫情。

“病毒无情人有情。江原道新冠肺炎疫情发展一直牵动着安徽人民的心，对于疫情带来的困难，我们感同身受。中韩互为友好邻邦，安徽省和贵道是友好省道，友邻之间面对困难和挑战理应守望相助、同舟共济。在此，我愿表达对您及贵道人民抗击新冠肺炎疫情的坚定支持，相信包括贵道人民在内的大韩民国人民一定能早日战胜疫情，并恢复贵道往日充满活力的面貌！”3月10日安徽省人民政府时任省长李国英在致韩国江原道知事的慰问信中如是写道。此慰问信在对我省友城表示诚挚慰问的同时，也传递出包括安徽人民在内的中国人民与包括江原道人民在内的韩国人民共同努力、共克时艰、最终战胜疫情的坚定决心。安徽省人民政府时任省长李国英在致与安徽省建立友好合作关系的韩国庆尚北道的慰问信中，表达了同样的真挚情谊与意愿。

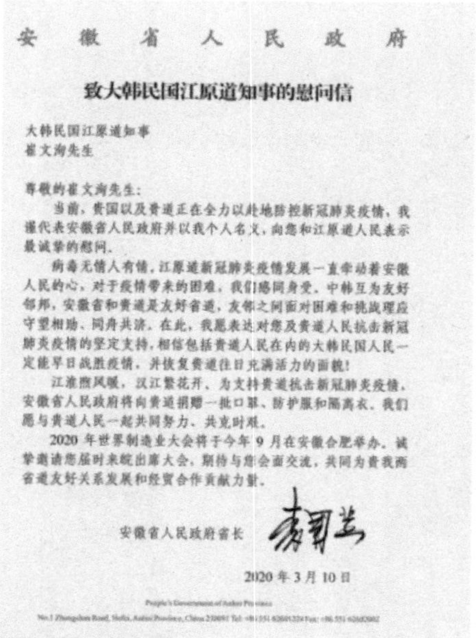
安徽省人民政府

致大韩民国江原道知事的慰问信

大韩民国江原道知事
崔文洵先生

尊敬的崔文洵先生：

当前，贵国以及贵道正在全力以赴地防控新冠肺炎疫情，我谨代表安徽省人民政府并以我个人名义，向您和江原道人民表示最诚挚的慰问。

病毒无情人有情，江原道新冠肺炎疫情发展一直牵动着安徽人民的心，对于疫情带来的困难，我们感同身受。中韩互为友好邻邦，安徽省和贵道是友好省道，友邻之间面对困难和挑战理应守望相助、同舟共济。在此，我愿表达对您及贵道人民抗击新冠肺炎疫情的坚定支持，相信包括贵道人民在内的大韩民国人民一定能早日战胜疫情，并恢复贵道往日充满活力的面貌！

江淮煦风暖，汉江繁花开。为支持贵道抗击新冠肺炎疫情，安徽省人民政府将向贵道捐赠一批口罩、防护服和隔离衣。我们愿与贵道人民一起共同努力、共克时艰。

2020年世界制造业大会将于今年9月在安徽合肥举办。诚挚邀请您届时来皖出席大会，期待与您会面交流，共同为贵我两省道友好关系发展和经贸合作贡献力量。

安徽省人民政府省长 李国英

2020年3月10日

People's Government of Anhui Province

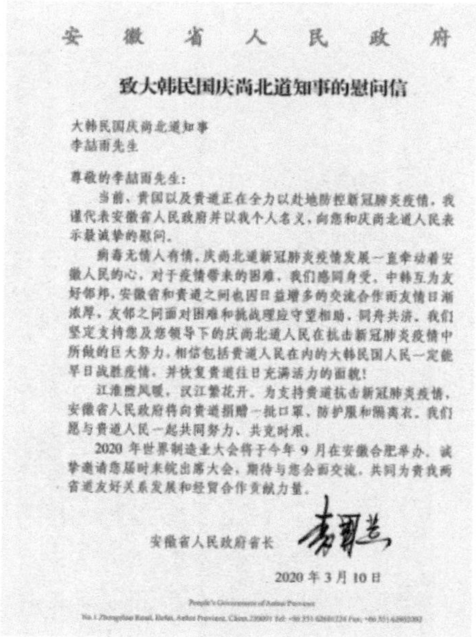
安徽省人民政府

致大韩民国庆尚北道知事的慰问信

大韩民国庆尚北道知事
李喆雨先生

尊敬的李喆雨先生：

当前，贵国以及贵道正在全力以赴地防控新冠肺炎疫情，我谨代表安徽省人民政府并以我个人名义，向您和庆尚北道人民表示最诚挚的慰问。

病毒无情人有情，庆尚北道新冠肺炎疫情发展一直牵动着安徽人民的心，对于疫情带来的困难，我们感同身受。中韩互为友好邻邦，安徽省和贵道之间也因日益增多的交流合作而友情日渐浓厚，友邻之间面对困难和挑战理应守望相助、同舟共济。我们坚定支持您及您领导下的庆尚北道人民在抗击新冠肺炎疫情中所做的巨大努力，相信包括贵道人民在内的大韩民国人民一定能早日战胜疫情，并恢复贵道往日充满活力的面貌！

江淮煦风暖，汉江繁花开。为支持贵道抗击新冠肺炎疫情，安徽省人民政府将向贵道捐赠一批口罩、防护服和隔离衣。我们愿与贵道人民一起共同努力、共克时艰。

2020年世界制造业大会将于今年9月在安徽合肥举办。诚挚邀请您届时来皖出席大会，期待与您会面交流，共同为贵我两省道友好关系发展和经贸合作贡献力量。

安徽省人民政府省长 李国英

2020年3月10日

People's Government of Anhui Province

时任省长李国英代表安徽省致江原道和庆尚北道的慰问信

韩国江原道感谢我省捐赠抗疫物资

江原道在收到我省捐赠的物资后，韩国驻沪总领馆中国专员郑民喜女士通过微信专门向我省表达谢意。江原道在物资转运过程中，在货车醒目位置悬挂起印有中韩两国国旗、用中韩双语写着“江原道向安徽省表示衷心感谢”字样的条幅。

“贵省向我道发来的慰问信和物品援助给予了我们极大的安慰和力量！”韩国庆尚北道李喆雨知事在致时任安徽省省长李国英的感谢信中如是写道，“‘肝胆每相照，冰壶映寒月’，两地区人民休戚与共、友谊源远流长，希望今后能一如既往地互帮互助、共同发展。”

“国有中外殊，人无夷夏别。落地皆兄弟，何必分楚越。肝胆每相照，冰壶映寒月。”这是生于江原道的朝鲜李朝诗人许筠的诗作。许筠对古代中国和古代朝鲜（包括现在的朝鲜和韩国）的文化交流曾做出有益贡献。庆尚北道致安徽省的感谢信中引用此诗的最后两句，将中韩源远流长的睦邻友好关系，安徽与庆尚北道人民同肝胆、心相印的深深情谊恰到好处地寓意其中，并赋予此种情谊以真切的质感，带给人自然而然的感动。

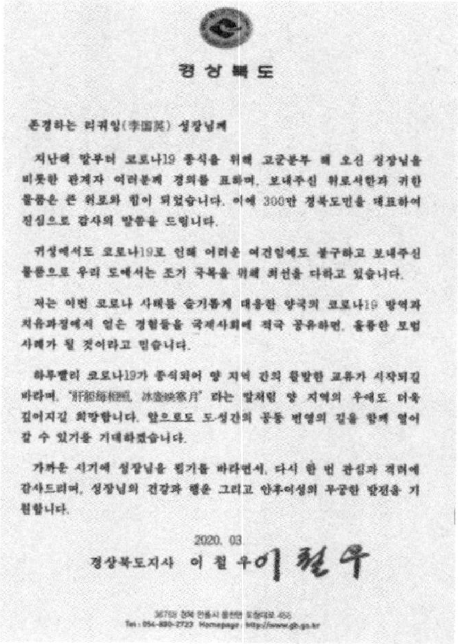

경상북도

존경하는 리궈잉(李国英) 성장님께

지난해 말부터 코로나19 종식을 위해 고군분투 해 오신 성장님을 비롯한 관계자 여러분께 경의를 표하며, 보내주신 위로서한과 귀한 물품은 큰 위로와 힘이 되었습니다. 이에 300만 경북도민을 대표하여 진심으로 감사의 말씀을 드립니다.

귀성에서도 코로나19로 인해 어려운 여건임에도 불구하고 보내주신 물품으로 우리 도에서는 조기 극복을 위해 최선을 다하고 있습니다.

저는 이번 코로나 사태를 슬기롭게 대응한 양국의 코로나19 방역과 치유과정에서 얻은 경험들을 국제사회에 적극 공유하면, 훌륭한 모범 사례가 될 것이라고 믿습니다.

하루빨리 코로나19가 종식되어 양 지역 간의 활발한 교류가 시작되길 바라며, "肝胆每相照, 冰壶映寒月" 라는 말처럼 양 지역의 우애도 더욱 깊어지길 희망합니다. 앞으로도 도·성간의 공동 번영의 길을 함께 열어 갈 수 있기를 기대하겠습니다.

가까운 시기에 성장님을 뵙기를 바라면서, 다시 한 번 관심과 격려에 감사드리며, 성장님의 건강과 행운 그리고 안후이성의 무궁한 발전을 기원합니다.

2020. 03.

경상북도지사 이 철 우 이철우

36759 경북 안동시 풍천면 도청대로 455
Tel : 054-880-2723 Homepage : http://www.gb.go.kr

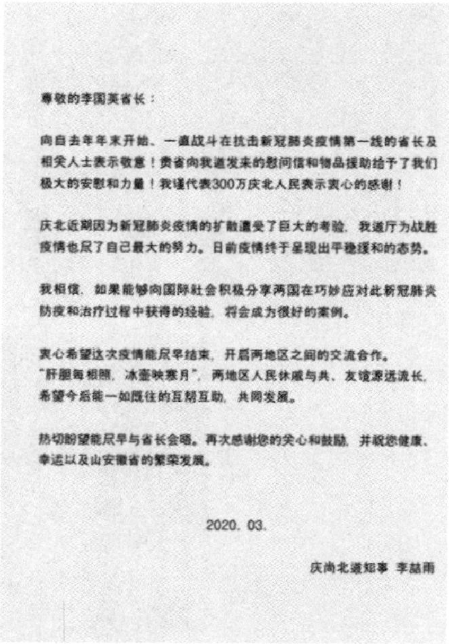

尊敬的李国英省长：

向自去年年末开始、一直战斗在抗击新冠肺炎疫情第一线的省长及相关人士表示敬意！贵省向我道发来的慰问信和物品援助给予了我们极大的安慰和力量！我谨代表300万庆北人民表示衷心的感谢！

庆北近期因为新冠肺炎疫情的扩散遭受了巨大的考验，我道厅为战胜疫情也尽了自己最大的努力。日前疫情终于呈现出平稳缓和的态势。

我相信，如果能够向国际社会积极分享两国在巧妙应对此新冠肺炎防疫和治疗过程中获得的经验，将会成为很好的案例。

衷心希望这次疫情能尽早结束，开启两地区之间的交流合作。
“肝胆每相照，冰壶映寒月”，两地区人民休戚与共、友谊源远流长，希望今后能一如既往的互帮互助，共同发展。

热切盼望能尽早与省长会晤。再次感谢您的关心和鼓励，并祝您健康、幸运以及山安徽省的繁荣发展。

2020. 03.

庆尚北道知事 李喆雨

庆尚北道致安徽省的感谢信

在韩国疫情日趋严重、我国多省抗疫成果不断得到巩固的情况下，我国多地向韩国各地纷纷捐赠抗疫物资。3 月 27 日，韩国总理丁世均在首尔召开的介绍韩国方面应对新冠肺炎疫情的最新举措的记者会上说：“韩国人也有‘远亲不如近邻’的说法，中国和韩国在此次共同面对疫情的情况下，互相伸出援手，展现出互帮互助、睦邻友好的动人场景。”疫情虽然令人忧心，但也再次印证了中韩两国的友好情谊，两国在共同抗击疫情中展现出守望相助、风雨同舟的邻里之情，让我们对人类命运共同体的明天更加充满信心。

肝胆每相照　冰壶映寒月

2020 年伊始，突袭而至的全球性新冠肺炎疫情迫使国际友好合作交流活动不得不按下“暂停键”。即便如此，令人满怀信心也倍感慰藉的是，疫情虽暂时阻断了追求和平、追求发展、追求美好的人员的交流往来，却阻断不了世界与中国、世界与安徽友好情谊的交流、融汇与表达。尤其是在疫情率先于中国武汉被发现时，我国疫情防控形势比较严峻，包括安徽在内的各地抗疫医疗物资和群众防疫物资都非常紧缺，多国多地的人民以向安徽捐赠抗疫物资的方式，表达深情厚谊，表达对中国安徽抗疫的支持，表达对抗疫必胜的信心和更美好合作交流的期盼，其中就包括来自近邻韩国的大力援助。

2020 年 2 月 21 日，韩国政府向安徽省捐赠的包括手套、防护服、防护面罩、发电机、消毒器、毯子等约 3.5 吨的爱心物资运抵合肥。在安徽省红十字会备灾救灾和捐献管理中心接收抗疫物资捐赠现场，安徽省外办主任雍成瀚、省红十字会常务副会长张青与韩国驻上海总领馆崔泳杉总领事现场视频连线，向韩方表示衷心感谢。崔泳杉饱含情谊地引用了中国古语“千里送鹅毛，礼轻情意重”作为接受我们诚挚谢意的回应。

韩国政府向安徽省捐赠抗疫物资

韩国驻华使馆和驻上海总领馆高度重视我省疫情防控情况，韩相国公使衔参赞、崔泳杉总领事多次致电安徽省外办雍成瀚主任，表达慰问和支持。崔泳杉总领事在捐赠函中表示：韩国政府向安徽省捐赠的这一批医疗防疫用品虽然在这场没有硝烟的战争中稍显微薄，却饱含着全体韩国国民的一片赤诚之心。祈愿安徽省人民政府和全省人民万众一心、众志成城，早日战胜疫情，回归安居乐业的生活。相信经过这一次患难与共，中韩双方的友谊一定会更加坚固。雍成瀚主任表示，病毒无情，友谊无价，来自包括韩国在内的世界各地的爱心如点点繁星，进一步坚定了我们战胜疫情的决心和信心，对于每一份捐赠，我们都将永远铭记于心并转化为今后做好对外交往工作的不竭动力。

此次中韩、安徽与韩国地方政府的抗疫合作，只是双方长期携手并进、友好合作中的缩影，双方情谊源远流长且日渐浓厚。

情谊源远流长

中韩自 1992 年建交至今，在不到 30 年的时间内快速发展为战略合作伙伴关系，成为和平共处、合作共赢的世界双边关系楷模。

在中韩两国关系良好、交往通畅频繁的大环境下，安徽省与韩国江原道、庆尚北道等地方政府也共同致力推动开展地方外交与合作，推动民间外交与民心相通。

安徽省与江原道于 2015 年 9 月正式结为友好省道关系，其实两省道的友好交往早在 1996 年就已经开始且日益频繁、深广。据统计，双方不同级别团组互访就达 53 个之多，其中安徽省出访江原道团组 23 个、江原道访皖团组 30 个。下面部分列举两省道的友好交往大事件，其中所折射出的双方友好情谊之厚、交流合作之深、民心相融之广可见一斑：

——1996 年 10 月，时任副省长杨多良率全国友协代表团访问韩国时，分别与江原道知事崔珏圭、行政副知事金振进行会谈。

——1999 年 8 月，时任省政协副主席秦德文率省友好代表团访问江原道，了解当地农业、林业、环保、文化等方面的情况。访问期间，江原道知事金振、副知事沈在晔，春川市市长朴商祚分别会见代表团一行，表达了与我省发展友好合作关系的愿望。

——2002 年 9 月，韩国艺术团体总联合会江原道支会会长裴东旭率江原道传统艺术团一行 24 人（包括 4 名随行记者）来我省访问、演出。时任省委副书记、省纪委书记杨多良和时任副省长蒋作君分别会见裴东旭会长一行。

——2005 年 10 月，江原道议会议长沈相基应时任省人大常委会主任郭金龙的邀请率江原道议会代表团一行 11 人来我省访问。访问期间，时任省人大常委会主任郭金龙在稻香楼宾馆会见沈议长一行，双方希望通过进一步了解与沟通，不断促进两省道在经济、文化等领域的交流与合作。时任省人大常委会副主任黄岳忠陪同出席。

——2006 年 3 月，时任省人大常委会副主任黄岳忠率省人大代表团访问江原道。访问期间，黄岳忠副主任与该道议会议长沈相基进行会谈，双方希望两省道继续扩大交流领域，积极推动实质性交往。

——2010 年 4 月，时任副省长谢广祥率卫生代表团访问江原道。访问期间，代表团一行与江原道卫生部门进行座谈并参观春川城心医院和春川保健所，了解该道医药保健体系的运行情况。江原道行政副知事姜起敞会见代表团一行。

——2012 年 5 月，江原道经济副知事金尚构率政府代表团来我省访问。这是江原道政府首次派高层领导率团来访，旨在进一步加强两省道的交流与合作。访问期间，时任副省长花建慧与金尚构副知事代表各自政府签署了《促进交流合作协议书》。两省道积极推动政府及民间交流，在继续加强教育、文化、卫生、体育等领域的交流的同时，还扩大旅游、信息、技术、经贸等领域的实质性交流与合作。

——2015 年 9 月，江原道知事崔文洵一行 7 人访问了安徽省，时任省长王学军会见了崔文洵知事一行并共同签署了《中华人民共和国安徽省与大韩民国江原道建立友好省道关系协议书》。代表团参观了合肥高新技术开发区、科大讯飞股份有限公司和科大先进技术研究院。

——2015 年 10 月，江原道议长金是晟率议会代表团一行 11 人访问了安徽省，时任省人大常委会副主任臧世凯会见了金是晟议长一行并共同签署了《安徽省人大常委会与江原道议会友好交流协议》。代表团参观了合肥高新技术开发区、科大讯飞股份有限公司，并游览了黄山。

——2020年2月，韩国政府向安徽省捐赠抗疫物资；同年3月10日，安徽省人民政府向韩国政府捐助9.9万个口罩、700件防护服、150万件隔离服等总价值30万元人民币的抗疫物资。

此外，近几年安徽省与韩国庆尚北道也保持高水平友好合作交往关系。庆尚北道位于韩国东南部，是韩国最大的省级地方政府，是韩国最主要的产业基地。

2016年4月26日，由韩国庆尚北道道厅、韩国庆尚北道（中国）宣传事务所主办的观光旅游推介说明会在合肥香格里拉大酒店举行。以韩国庆尚北道文化体育观光局全和植局长为团长的韩国代表团、安徽省人民政府外事办公室、安徽省旅游局、安徽省外商投资企业协会等相关部门负责人和新闻媒体、国内旅行社、相关企业的代表约300人出席了韩国观光方面的B2B交易展和韩国产业考察、文化旅游、医疗合作等交流洽谈会，这对于促进中韩两国人民之间的友好往来，加强中韩两国在经济、文化、旅游、贸易等方面的交流与合作，努力推动中韩两国的贸易往来、招商引资、产业考察、旅游观光和文化交流起到积极推动作用。

2020年9月，世界制造业大会江淮线上经济论坛在合肥召开，安徽与韩国又一次碰撞出耀眼火花。

2020年世界制造业大会江淮线上经济论坛在合肥召开

9月11日，即2020年世界制造业大会江淮线上经济论坛在合肥召开的前一天下午，时任安徽省委书记李锦斌在合肥亲切会见了韩国驻华大使张夏成一行。李锦斌代表省委、省政府对张夏成大使一行来皖参加世界制造业大会江淮线上经济论坛表示欢迎，对韩国驻华使馆积极推动皖韩交流合作表示感谢。

李锦斌表示，安徽与韩国友好交往频繁、经贸合作密切，特别是面对疫情考验，双方互赠物资、互致慰问，体现了守望相助、同舟共济的友好情谊；举办世界制造业大会江淮线上经济论坛，是贯彻习近平总书记考察安徽重要讲话指示精神的实际行动，也是搭建合作共赢、推动全球制造业高质量发展的交流平台。韩国是制造业大国，在汽车、电子、半导体等领域优势明显，希望张夏成先生更多了解安徽、推介安徽，为双方交流合作特别是先进制造业发展多牵线、广搭桥。安徽将继续坚持改革开放，坚持高质量发展，不断深化与韩国在制造业、农业、文旅、科教等领域的务实合作，推动双方在互利共赢中更好造福两地人民。

张夏成对安徽经济社会发展取得的巨大成就表示祝贺。他说，徽风皖韵魅力独特，韩皖合作前景广阔，其将继续发挥桥梁纽带作用，为巩固和促进双方友好交流合作做出积极贡献。

同是9月11日下午，对话安徽——中韩高端制造业对接会在合肥举行。来自42家中国企业、30家韩国企业的90余位企业界代表和政府官员共聚一堂，进行商业洽谈。副省长周喜安出席活动并致辞。

周喜安在致辞中指出，2020年以来，按照中央部署要求，安徽坚持统筹推进疫情防控和经济社会发展工作，疫情防控取得重大战略成果，经济社会秩序全面恢复，主要经济指标稳步回升。安徽将抢抓国家战略新机遇，深入拓展产业合作空间，加快释放创新驱动势能，在构建以国内大循环为主体、国内国际双循环相互促进的新发展格局中实现更大作为，在加快建设美好安徽上取得新的更大进展。他表示，扩大开放合作，安徽有基础、有优势、有市场、有潜力、有信心，更有意愿。安徽将进一步畅通经贸交流渠道，搭建企业合作平台，打造一流营商环境。希望通过此次对接，分享安徽多重叠加的战略发展机遇，深化与韩国企业界的交流合作，推动双方高端制造业领域产业链、供应链、物流链顺畅运行，实现更宽领域、更高层次的共赢发展。

周喜安还表示，中韩双方在做好新冠肺炎疫情防控工作的前提下，率先开通重要急需人员往来“快捷通道”、率先建立联防联控合作机制，为双方企业畅通经贸合作和人员往来渠道创造了良好条件，推动双方产业链、供应链、物流链顺畅运行，促进双方企业较早实现复工复产。

韩国驻华大使张夏成说，作为两大制造业强国，中韩两国更要加强合作，向两国企业提供新的商机。在贸易保护主义抬头、数字经济加速转换、全球供应链重组的新形势下，拥有优秀工业基础和创新力量的中韩两国，应该在高端制造业以及培养新兴产业领域方面进行合作，转“危”为“机”，引领两国经济再次升级。

“中国作为世界第一制造大国，正在跨越传统制造业，推进包括人工智能及大数据等高端新型产业领域发展，两国产业之间的合作需求将变得更大。”张夏成说。

“洽谈会非常好，感谢中国政府提供这样的平台能让我们与客户直接沟通。”伊欧激光科技有限公司的金熙哲说，“希望以后也能有这样促进中韩企业沟通的机会。”

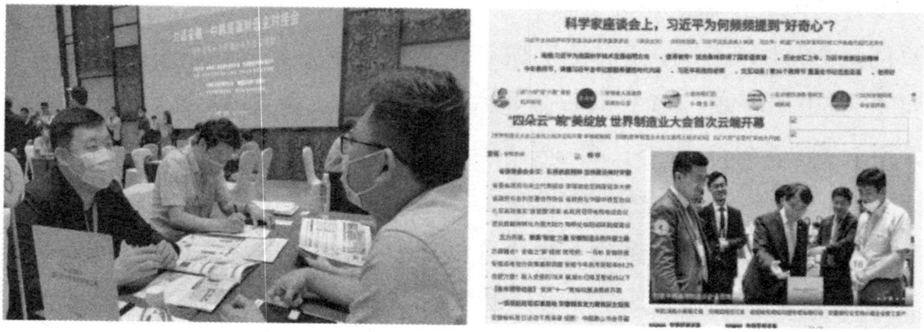

对话安徽——中韩高端制造业对接会

安徽与韩国经贸往来保持良好势头，2020 年前 7 个月，安徽对韩国进出口总额增长 26.58%，实际吸收韩国直接投资增长 207.5%。

事实上，从 2020 年 5 月 1 日起，在中韩两国疫情防控形势依然严峻，但总体形势持续向好、防控成果不断得到巩固的情况下，中韩两国联防联控，开辟并高效运行中韩“快捷通道”，实现两国交往“不间断”，在联手协作共同抗疫的同时致力于推动两国复工复产和经济社会持续向前发展。

协同互助　复工复产

在2020年4月29日中韩联防联控合作机制第二次会议上，双方宣布建立两国重要和急需人员往来“快捷通道”。双方都认为，按照平等互惠原则建立“快捷通道”，将助力中韩两国更好地统筹推进疫情防控和经济社会发展，也有利于地区乃至全球产业链、供应链的稳定运行。

中韩作为战略合作伙伴，双边交流合作密切，每年两国人员往来超过千万人次，2019年双边贸易额超过2800亿美元。疫情期间，“快捷通道”可谓是一座能保证两国重要而急需人员正常往来的“空中安全走廊”，像血脉一样，为两国经济社会发展提供急需的、必备的养分，为两国的重要经贸合作提供强有力的保障。

此后，从5月1日起，首批适用“快捷通道”制度的韩国全境和包括安徽在内的中国10个省份开始重要和急需人员的交流往来。5月28日，中韩两国就增加“快捷通道”中方适用地区达成一致，在已有10个省份的基础上新增9个。中韩“快捷通道”为全球抗疫和复工复产积累了有益经验，树立了疫情期间开展国际合作、推进社会经济发展的成功典范。

6月4日中午，搭载107名韩籍专家和技术人员的包机由韩国首尔抵达合肥新桥国际机场。这是自韩国疫情稳定后，首批通过“快捷通道”包机来皖的韩籍技术专家。该批专家系合肥维信诺科技有限公司复工复产急需的技术人员，他们抵达合肥后在核酸及血清检测均正常并确认防控措施安全到位后，进行“点对点”闭环复工，帮助该公司尽快启动设备安装调试以及产品研发生产，推动相关项目及时投产达效。

这是安徽省在全面统筹外防输入和复工复产需求，统筹协调外事、海关、民航、公安、边检、医疗卫生等多个相关部门的工作后出色完成的重大任务之一。为此，合肥维信诺科技有限公司工作人员向省外办表达了谢意。

“企业是创造财富的源泉，身为公务员，要始终坚定不移为企业服务！”安徽外事系统正是在这种强烈使命的召唤下，在疫情的艰难时刻，凝心聚力、殚精竭虑、勤恳务实地为确保新冠肺炎病例“零输入”，从而给安徽人民带来

6 月 4 日经中韩“快捷通道”来皖的包机抵达合肥新桥机场

合肥维信诺科技有限公司工作人员向省外办表达谢意

康宁，从而为加速推进企业复工复产，为促进安徽经济发展、社会稳定，并进一步做好“六稳”工作、落实“六保”任务发出光和热。

互助抗疫显真情

（一）宣城真情真意暖“韩”心

新冠肺炎疫情发生以来，宣城市外办主动作为，真心真意为在宣韩资企业、韩籍人士做好疫情防控服务，全市未发生韩籍人士感染新冠肺炎的情况，在宣韩企顺利复工复产。具体而言，宣城市外办的工作主要包括以下几方面。

一体化防控。宣城市外办坚持将包括韩国在内的在宣外籍人士纳入基层社区疫情防控体系，做到“一体部署、一体安排、一体落实”。他们首先对在宣城常住和工作的13名韩籍人士进行摸排，了解掌握其基本情况、居住地址、联系方式等信息，按居住小区落实网络化包保服务。外事部门还采取上门、电话、微信等方式，对在宣韩籍人士开展随访服务，利用网站平台发布韩语版“每日疫情通报”“新冠病毒防护指南”“疫情防控外语通”等疫情防控防护知识，受到了广泛称赞。

助企业复产。宣城市政府出台了支持企业复工复产工作方案以及应对新冠肺炎疫情支持中小企业共渡难关的11条政策，帮扶包括韩国等国外资企业在内的工商业企业复工复产。宣城市外办上门走访广德韩有德工艺饰品有限公司，开展“送发展理念、送支持政策、送创新项目、送生产要素，服务实体经济”的“四送一服”活动，听取企业意见建议。广德市外办会同经开区管委会、桃州镇政府，对安徽朴善工艺制品有限公司等韩资企业进行走访，了解复工复产、韩籍员工生活等方面情况，帮助解决生产生活中的难题。

慰问暖人心。广德韩有德工艺饰品有限公司是一家韩资企业，2009年落户宣城广德市。公司总经理朴弦洙一家4口人于2020年1月回韩国探亲。春节过后，朴弦洙与企业另1名韩籍管理人员先期返回广德，居家隔离期间，广德市外办积极会同所在社区为其提供必要的生活服务。3月初，朴弦洙夫人带2个孩子回广德准备读书，广德市外办主动协调疾病防控部门开展核酸检测及随访服务，2 次检测结果均为阴性。居家隔离医学观察结束后，广德市外办主任第一时间带着鲜花、牛奶、口罩等上门走访慰问，了解朴弦洙一家在生产、生活及小孩入学等方面的困难并提供积极帮助。朴弦洙一家对外事部门提供的疫情防控服务表示感谢，他们一家在异国他乡感受到了温暖和温馨，对在广德的生活和工作环境表示满意。

（二）池州市牵手求礼郡

2020 年 5 月 19 日，韩国求礼郡传来喜讯。这一天，该郡的疫情防控措施正式解除，人民生产生活秩序回归正常轨道，蟾津江两岸再次迎来度假的人群。这一天，在远隔千山万水的安徽池州，始终压在池州人民心头的一块石头也落了地。

中国和韩国都有句俗语，叫“远亲不如近邻”。中韩是友好邻邦，池州和求礼是友好城市。经历了共同抗疫的锤炼，两国两城的邻里情天涯咫尺、朋友义历久弥坚。

1. 雪中送炭　共克时艰

2020 年新年伊始，正当中国人民喜迎新春佳节、共盼阖家团圆之际，一场突袭而至的新冠肺炎疫情从湖北武汉向全国蔓延。全国各地陆续启动重大公共卫生事件一级响应，一个个省份、一座座城市迅速行动，打响疫情防控阻击战。池州也不例外。

疫情防控初期，池州防护物资紧缺，特别是一次性口罩很难满足全市 162 万人的需要，市面上出现“口罩荒”，各大药房口罩相继脱销。池州各地各部门认真落实市委、市政府物资保障工作有关部署并发动社会各界想办法、拓渠道、找货源，千方百计筹措、调集防疫物资。池州相关部门积极通过外事资源，联系对接海外防护物资采购渠道，从缓解防护物资的不足。

1 月 29 日，池州确诊了第一例新冠肺炎患者，全市上下进入疫情防控紧急状态。1 月 30 日中午，求礼郡联系人李英粉和池州市外办吴娴兰微信视频连线，视频电话刚一接通，李英粉就关切地询问池州疫情形势：“从电视里看到新冠肺炎疫情，池州还没有吧？”吴娴兰担忧地说：“池州现在已经有 1 例确诊病例了。”接着，吴娴兰介绍了池州当时疫情防控的情况，并希望友城帮忙，了解韩国防护物资采购渠道。还没等说完，李英粉就说：“我们也正准备联系你们，打算给你们寄一些口罩。”“真的吗？太好了！太感谢了！”

在金舜镐郡守的亲自部署、紧急调度下，1 月 31 日，求礼郡将库存的 KF94 医用防护口罩 2600 个，全部打包、装箱、交付航空快递，驰援中国友城——池州。作为一个面积 443 余平方千米、人口不足 3 万的韩国南方城市，在国际友城——池州的危难时刻，求礼郡真正做到了慷慨解囊、倾力相助！

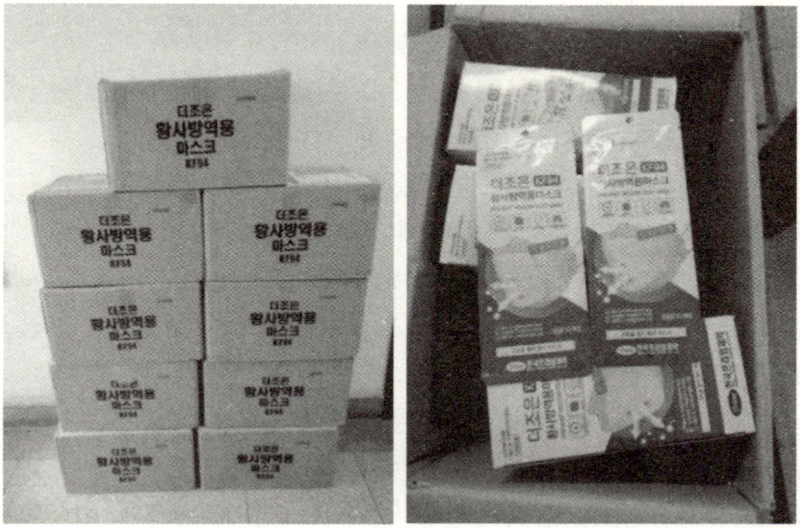

求礼郡捐赠池州的抗疫物资

2 月 11 日，韩国求礼郡捐赠的 9 箱 KF94 医用防护口罩，历时 12 天，辗转首尔、仁川、上海、合肥等地，满载着求礼郡人民对池州人民的深情厚谊，运抵池州。新华社、中国新闻网、《池州日报》、池州电视台等媒体纷纷对此进行了报道，池州市民纷纷为友城义举点赞、为池州与求礼的友谊点赞、为中韩两国的友好点赞。时任池州市市长、市新冠肺炎疫情防控工作领导小组组长操龙灿饱含深情地给金舜镐郡守致信感谢，信中写道：“当前池州市正处于疫情防控工作的关键时期，求礼郡向池州市无偿捐赠急需的防护物资，充分体现了心手相牵、患难与共的大爱情怀，为我们战胜疫情、渡过难关增添了力量，也更加坚定了我们打赢这场疫情防控阻击战的信心和决心。”

韩国求礼郡捐赠的 KF94 医用防护口罩，通过池州市红十字会全部捐给了池州市人民医院，支持一线医护人员抗疫，在疫情防控工作中发挥了积极作用。

2. 守望相助　情牵万里

在习近平总书记亲自指挥、部署下，中国人民万众一心、众志成城，2020年2月中旬，国内疫情得到有效遏制，一些省市确诊病例相继清零。池州市于2020年2月14日起无新增确诊病例、疑似病例。而此时此刻，一衣带水的友好邻邦——韩国，却面临新冠肺炎疫情的重大威胁和考验，求礼郡的疫情防控牵动着中国友城——池州人民的心。

2月20日，池州市外办吴娴兰和求礼郡联系人李英粉微信视频连线。“今天看新闻，韩国新冠肺炎已经确诊80多例了，求礼郡的情况怎么样?”“韩国现在严重了，我们郡山茱萸花庆典也取消不办了。但求礼郡目前没有病例。”太好了，吴娴兰真是打心眼里替求礼郡、求礼市民高兴。

2月26日，韩国确诊1146例，求礼郡所在的全罗南道出现了几例确诊病例。“我们还好！防护物资供应还可以！没有确诊的!”在这期间，池州始终关注着求礼郡传来的消息。

3月4日，韩国确诊5328例，短短10天不到的时间，韩国确诊病例翻了两番多。池州市人民政府主要负责同志多次详细询问这段时间以来求礼郡疫情防控情况并要求与求礼郡保持沟通对接，及时关注求礼郡疫情防控发展态势，主动分享池州市疫情防控经验并为求礼郡疫情防控工作提供力所能及的帮助。

“我市一直高度关切贵郡疫情发展情况并专门指示池州外办与贵郡保持密切沟通，及时为贵郡开展疫情防控提供力所能及的帮助。请你们向金郡守转达我市政府主要负责同志的关切和支持。”“好的，一定转达。谢谢!”疫情阻隔了交通和人员流动，却阻隔不了池州与求礼两地之间的沟通交流，友城之爱超越时空。

令人欣慰的是，至3月中旬，韩国新增病例增长速度明显放缓，疫情得到了有效控制。值得敬佩的是，求礼人民在金舜镐郡守团结带领下，严格执行各项防控措施，未出现1例确诊病例。

3. 面向未来　携手共进

2019年11月，求礼郡郡守金舜镐率团访问池州，与池州共同签署了《池州市求礼郡经济社会发展合作战略框架协议》，双方约定以此为新的起点，着力深化两地山茱萸深加工等现代农业产业技术合作，推动文化、旅游、体育、青少年交流、公务员研修等多领域务实交流。2020 年初，两市外事部门通过邮件就年度友城交流计划进行了沟通，确定了年度重要交流活动安排，后因新冠肺炎疫情全球蔓延而暂时搁浅。

在中韩两国开启疫情防控和经贸合作的大背景下，重新启动 2020 年度国际友城交流计划也摆上池州与求礼两地重要日程。双方就重启交流活动进行了沟通，一致表示，要在做好疫情防控的前提下，积极探索远程交流方式，有序推动两地在山茱萸深加工技术合作以及文化、旅游、青少年交流等领域的友好交流。

岁寒知松柏，烈火炼真金。经历了这场战“疫”的考验，池州与求礼两地人民必将心贴得更近、手牵得更紧、情融得更深，凝聚起合作共进的无穷力量，携手共创更加美好的明天。

皖　日　篇

同声自相应　同心自相知

2020 年 6 月 1 日，安徽省向日本高知县捐赠抗疫物资（24 箱共 720 件医用防护服）的事情，几经波折后，终于随着关于捐赠事宜的共同声明的签署而尘埃落定。

安徽省外办工作人员组织协调省疫防办医疗物资保障组、安徽天星药业集团有限公司、港中旅华贸国际物流股份有限公司、日本高知县文化生活体育部国际交流课等各方有关工作人员，紧锣密鼓、有条不紊地开展抗疫物资包装、调度，物流航班确认，物资出入中日两国国境的清关手续，双方有关

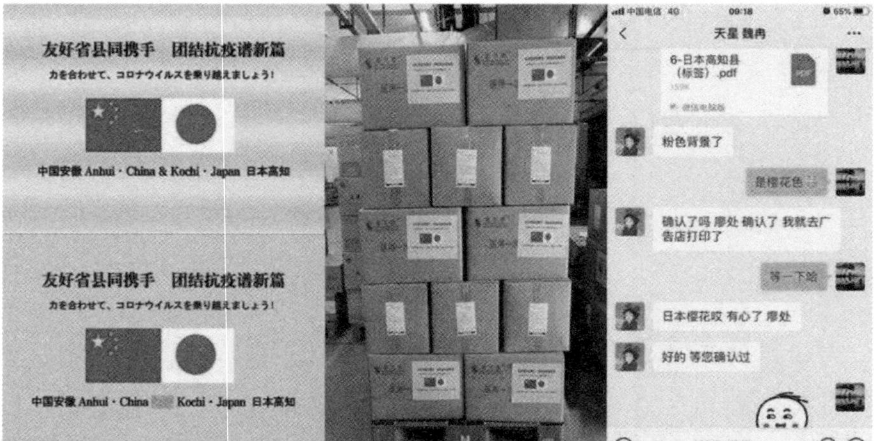

安徽省捐赠日本高知县的抗疫物资和使用的贴箱标签

物流公司的业务衔接，物资接收方的转运、仓储等一系列工作，保证了抗疫物资顺利运抵高知。在此与大家分享的是一件看似不起眼的小事——选定贴箱标签背景色。这是非常小的事，却是体现安徽人民对日本高知人民饱含深情的一个缩影。

用中日双语写有“友好省县同携手　团结抗疫谱新篇”的贴箱标签朴素简约，但淡蓝色的背景色和“&”符号显得单调且普通，让人有些许担忧，可能会不足以表达安徽对高知遭受疫情的深情慰问和与高知共同抗疫并最终战胜疫情的坚定信心。为此，经一番思索后，工作人员决定把背景色改为樱花红，把“&”改为握手标志。这件事总耗时不过约 10 分钟，但重新设计制作后的标签——这张薄薄的纸，承载着中国与日本、安徽与高知一衣带水的深厚情感，也让我们捐赠的物品因此而含有了温度——一种能暖人心的温度。

抗疫物资运抵高知县

6月18日，日本高知县文化生活体育部国际交流课确认接收物资。高知县知事滨田省司先生致信时任安徽省省长李国英，深表谢意并寄望两省县进一步加强经济、旅游和文化合作，加深友好交流，促进共同发展。

KOCHI PREFECTURAL GOVERNMENT

1-2-20 Marunouchi, Kochi City, 780-8570, Japan

TEL:(+81)88-823-1111

安徽省人民政府省长

李国英先生

非常感谢平日您对安徽省和高知县友好交流所做的努力。为应对新冠肺炎，贵省向我县捐赠了防护服，对此，我们向您表示深深的感谢。我们将把防护服用于县内的医疗、看护等设施。

目前，日本国内的疫情正趋于平稳。但是为防止第二波疫情高峰的到来，高知县也在整顿体制，尽全力做好准备，防止感染扩大。

得知安徽省为应对疫情采取了全方位的防控措施，并取得积极成果。我也希望两省县可以共同度过这个难关，早日恢复正常生活。

希望今后安徽省和高知县在经济、旅游、文化等领域继续合作，加深友好交流，促进双方共同发展。还请您继续支持双方的合作与交流。

特殊时期，请您保重身体。

高知县知事 濵田省司

2020年7月3日

高知县知事的致谢信

安徽此次捐赠的720件总价值10万元人民币的医用防护服是对高知此前支持安徽抗疫的回应，更是一次“滴水之恩当涌泉相报”中国优秀传统文化的生动实践与精彩诠释。在安徽疫情严重、疫情防控形势严峻的时刻，高知县通过邮寄医用口罩、高知县外事部门向安徽省外办致信慰问等方式助力抗疫，为安徽人民彻底战胜疫情注入了信心和力量。

2020年3月上旬，在中日两国疫情均较严重、防控形势非常严峻的情况下，中日两国的防疫物资都极其紧缺，口罩不仅价格高昂而且是一“罩”难求。在此危难的特殊时刻，日本高知县文化生活体育部国际交流课的工作人员，仍然通过各种渠道，想方设法收集到医用口罩约300个并及时寄达安徽。安徽省外办根据当时的防疫需要，将口罩及时分发到合肥市方兴社居委，助力社区抗疫工作。4月14日，高知县文化生活体育部部长冈村昭一致信安徽省外办，表示相信通过世界各国合作一定能战胜困难，并表示将继续为两省县友好交流而努力。

“同声自相应，同心自相知”是魏晋时期文学家傅玄《何当行》中的佳句，用来形容安徽与高知守望相助、同心协力应对新冠肺炎疫情是妥帖的。事实上，安徽与高知携手共进的深情友谊不仅仅体现在此次抗疫上。

一衣带水　睦邻友好

由于历史的原因，中日邦交正常化始于1972年，这是我国当时“民间先行、以民促官”中日双边外交策略的重大实践成果。此后，“以民促官、官民并举”的优良传统在中日邦交正常化后得到继续发扬，中日关系总体是在不断前进着的。中日两国是一衣带水的邻邦，有着2000多年的往来和文化交流的历

安徽省与高知县省级友城缔结25周年书画展在日本高知县市民画廊成功举办

史，友好合作始终是两国关系的主流。中日友好是两国人民关于中日关系的共同民意和美好愿景，这一点没有改变，今后也不是任何人能轻易改变得了的。

中日睦邻友好源远流长，关于两国友好交往的史例很多，这里仅举一例。唐朝时期，日本非常仰慕唐朝的文化，日本的长屋王给唐朝送了1000件袈裟，在衣服的边缘绣了一行偈文：“山川异域，风月同天。寄诸佛子，共结来缘。”唐朝高僧鉴真大师为此感动，特地东渡日本弘扬佛法，成就了中日交往史上的一段佳话。

ニーハオ安徽 第41号

你好安徽

25周年記念訪問団の友好交流

Contents

高知県·安徽省友好提携25周年記念訪問に参加して

参加安徽省高知县结好25周年纪念访问

安徽省友好提携25周年記念訪問団の来高と記念書画展の開催

安徽省结好25周年纪念访问团来高与纪念书画展的召开

高知县安徽省友好交流委员会出版专刊《你好安徽》纪念两省县结好25周年

安徽与日本地方的友好交往距今已有40余年的历史。自1980年合肥市与久留米市正式结好至今，日本成为与安徽缔结友城数量最多的国家，共有9个市和1个县与安徽所辖市和安徽省结为友好城市或友好省县。

安徽与高知的友好交往可追溯至1985年。据悉，芜湖市与高知县较早就有民间人士的往来接触。以此为契机，1985年安徽省经贸考察团访问高知县并形成有关经济与技术合作的会议纪要，奠定了此后扩大友好交流的基础；同年4月，高知市与芜湖市结为友城。此后，以两市交往为基础，安徽省与高知县的官方互访和民间交流范围不断扩大，两省县正式结好的基础不断夯实。1994年4月，高知县安徽省友好交流委员会在高知县成立，进一步加快了推进两省县结好进程；同年11月，高知县知事桥本大二郎率团访皖并于11月8日正式签署两省县结好协议书。

据不完全统计，安徽与高知从正式结好至今，双方不同级别团组互访就达67次之多。2019年7月，安徽省政协主席张昌尔率纪念两省县结好25周年友好访问团出访高知，与高知县政府、议会、友好协会与社团、文化艺术界等各方面人士开展深入交流并举办书画展等活动，双方还就农业合作、高校师资培训等项目达成合作意向并在扩大合作领域、拓展合作路径、推动友城关系提档升级等方面进行了深入探讨。同年11月，高知县知事代表、文化生活体育部部长桥口欣二、副议长弘田兼一专程率团访皖并推动高知大学与安徽大学开展校际合作，安徽省在合肥隆重举办了安徽与高知结好25周年纪念活动。

互助抗疫记

（一）共舆而驰　同舟共济

2020年2月初，合肥市防疫物资相对紧张，合肥市外办发挥对外交往的优势，向日本等11个国家的19个友城发去信函，寻求医疗物资援助。各友城通过发送慰问信和捐赠医疗防护物资等方式支持合肥市疫情防控工作。其中，合肥市第一个国际友城——日本久留米市特地从市储备品中调取一般用口罩5000个、医用N95口罩4000个、医用防护服4000件、医用护目镜4000副支援合肥市。

日本久留米市应援合肥

投我以木桃，报之以琼瑶。2020年4月，日本久留米市新冠肺炎疫情形势严峻，向合肥市请求口罩等物资支援。合肥市迅速行动，办理捐赠审批手续，严选符合出口资质的物资厂家，采购的4万只一次性医用口罩，在完成所有出口报关手续之后，于6月8日上午顺利运抵久留米市。6月16日，久留米市举行隆重的合肥市援助久留米市抗疫物资捐赠仪式，中国驻福冈总领事律桂军和久留米市市长大久保勉出席了捐赠仪式。捐赠仪式上，律桂军总领事代表合肥市向久留米市捐赠4万只口罩，并代为接受大久保勉市长致合肥市的感谢信。6月18日，中国驻福冈总领馆专门致信合肥市政府，介绍律桂军总领事出席合肥市援助日本友城久留米市防疫物资捐赠仪式有关情况并对合肥市在疫情新常态下深化友城交往予以肯定。合肥作答：征帆绕蓬壶，情在水天处。

合肥市向日本久留米市捐赠抗疫物资

（二）携手战“疫”　守护平安

疫情在我国我省发生初期，马鞍山市外办主动加强对外联络，积极争取国际支援。2020 年 1 月 27 日起，其先后与境外友城、机构、企业和个人联系，争取紧缺物资支援，日、韩等国家部分城市政府先后致函对马鞍山市表示慰问。马鞍山共获得境外物资捐赠 5 批次。

马鞍山市举行接收日、韩两国友城捐赠抗疫物资仪式

在马鞍山市疫情防控形势持续向好，而国外疫情迅速蔓延、日益严重的情况下，马鞍山市外办将关切的目光投向国际友城或友好关系城市并积极调配抗疫物资，开展抗疫国际支援：先后与日本、韩国等国友好城市及机构分享马鞍山防疫经验并以信函的形式向其表示慰问和鼓励；先后向日本札幌国际交流中心等4个国家5个地方政府和机构捐赠防护物资。

日本札幌国际交流中心收到马鞍山市捐赠的抗疫物资

皖 美 篇

心系安徽的美国马里兰州

2020 年 2 月 12 日，安徽省国际友城美国马里兰州向安徽捐赠的新冠肺炎疫情防疫物资运抵合肥，此批物资主要包括口罩、手套、防护衣、袖套、鞋套、头套等共计约 2 万只（件）。此时，安徽疫情防控尚处于一级应急响应级别状态（2020 年 2 月 25 日 12 时起，安徽将疫情防控一级响应调整为二级响

美国马里兰州捐赠安徽的抗疫物资运抵合肥

应），疫情防控形势依然相当严峻，各类医用和民用抗疫物资紧缺程度虽然有所缓解，但依然处于紧缺状态。马里兰州政府、马里兰—安徽友好省州委员会共同努力，通过多渠道购集此批抗疫物资援助安徽，其“心系安徽”的深情厚谊，凝结着双方40多年的诚挚友好，也预示着对未来友好交流与合作充满美好的期待。

马里兰州州务卿约翰·沃本史密斯在捐赠函中表示，在马里兰—安徽友好省州委员会的积极努力下，该州积极协调伊斯顿市恺司尔制药公司向安徽筹集并捐赠此批物资。沃本史密斯表示，马里兰州政府及人民对中国各地包括安徽省在内正在遭受新冠肺炎疫情的影响深感悲痛，对安徽人民因疫情而受苦倍加关切，对安徽省上下齐心协力、采取一系列有效措施救助病患、保护民众健康衷心赞赏。马里兰州非常重视与安徽省的友好省州关系，此次捐赠代表着马里兰州对安徽省的帮助和祝福，其希望安徽省尽快战胜疫情。

美国马里兰州是安徽省的第一个省级友城，双方于1980年6月正式结好。

“红宝石”级别友城关系

1971年4月，毛泽东主席亲自批准邀请美国乒乓球代表团于1971年4月10—17日访华，以此表示中国对同美国交往的诚意，也因此打开了隔绝22年之久的中美交往的大门，这就是具有历史意义的“小球转动大球”的“乒乓外交”。1972年，美国总统尼克松访华，中美在上海签署了著名的《中美联合公报》。1978年12月15日，中美签署《中华人民共和国和美利坚合众国关于建立外交关系的联合公报》（即《中美建交公报》）并于1979年1月1日正式生效，自此中美正式建交。

正是在此中美建交大背景下，1979年9月，应马里兰州州长哈里·休斯的邀请，时任安徽省委书记万里率团一行12人访问马里兰州，成为中美关系正常化后到美国访问的中国第一个省级代表团，受到了美国政府、各界人士的重视和隆重接待。访问期间，双方就建立友好省州关系等问题进行了会谈并达成共识，发表了《联合新闻公报》。

美国乒乓球队成员游览长城

1979 年万里赴马里兰商谈安徽与马里兰建立友好省州关系

1980 年 6 月，马里兰州州长休斯率领马里兰州代表团一行 19 人来皖访问。6 月 10 日，时任安徽省省长张劲夫和休斯分别代表各自省州政府签署建立友好省州关系协议书，两省州正式结好。

此后的 40 多年里，双方互派团组访问 50 多次，在经贸、教育、生物制药、农业、文化等领域开展广泛密切而卓有成效的交流与合作，成就了中美地方交往的一段佳话。西方人将持续 40 年之久的婚姻比喻为“红宝石婚”，安徽与马里兰州的友城关系也应是“红宝石”级别，历久弥新、历久弥珍。

2017 年时任安徽省委书记李锦斌与马里兰州州长霍甘签署战略合作备忘录

根据 2017 年 6 月两省州签署的《关于进一步深化两省州战略合作备忘录》，2018 年 5 月，“中国安徽周”系列活动在马里兰州举行，共开展了“中国安徽周”开幕式，两省州经贸、教育、农业合作等恳谈会，生物制药合作论坛，“魅力安徽行”旅游推介会，“魅力安徽”文化艺术展以及 2 场黄梅戏专场演出等 20 场活动，两省州相关机构和企业共达成经贸、教育、生物制药等 30 余个合作项目。中国驻美大使馆称赞此次活动是安徽省主动服务国家总体外交、通过地方政府合作助力中美关系发展的生动实践和成功典范。外交部对安徽挖掘优势资源、深入推进对美地方工作也予以充分肯定。马里兰州政府称赞此次活动规模之大、成果之实前所未有，期待与安徽继续扩大合作，从地方合作层面促进中美关系持续稳定健康发展。

2018 年安徽省与马里兰州举办“中国安徽周”系列活动

2021 年 2 月 4 日，安徽省与美国马里兰州结好 40 周年纪念活动启动仪式以网络视频连线方式隆重举行。时任安徽省委书记李锦斌、马里兰州州长拉里·霍甘、中国人民对外友好协会会长林松添出席启动仪式并致辞，中国驻美国大使崔天凯作视频致辞。省委副书记、省长王清宪与霍甘州长线上互赠纪念品，马里兰州副州长卢瑟福、州务卿沃本史密斯，安徽省委常委郭强、时任副省长章曦、省政府秘书长潘朝晖，外交部美大司副司长井泉、中国驻美国大使馆公使徐学渊出席活动。两省州有关部门、高校和企业负责人以及市郡代表参加活动。

李锦斌在致辞时对两省州结好 40 周年纪念活动成功举办表示祝贺，对马里兰州、中国外交部、中国驻美使馆、中国人民对外友好协会等长期以来对两省州友好关系发展的关心支持表示感谢。他说，马里兰州是安徽省第一个省级友城，40 年来，我们的合作跨越时空，在互敬互信中务实深化；我们的友谊漂洋过海，在互帮互助中历久弥新；我们的发展乘风破浪，在互学互鉴中行稳致远，为维护和推动中美关系发展做出了积极贡献。

李锦斌强调，今天的安徽已经站在新的发展起点上，正在按照习近平总

安徽省与美国马里兰州采取网络视频连线方式举行结好40周年纪念活动启动仪式

书记考察安徽重要讲话指示精神，聚力打造具有重要影响力的科技创新策源地、新兴产业聚集地、改革开放新高地和经济社会发展全面绿色转型区，希望同马里兰州以结好40周年为新起点，在新兴产业以及生物制药、环保等领域深化合作，加强青少年、文化、体育等人文交流，建立完善定期互访交流机制，努力构建更加稳健、更可持续、更具活力的新型友好省州关系，不断推动两省州友谊之树枝繁叶茂、再结硕果。

霍甘说，尽管因全球新冠肺炎疫情，马里兰州与安徽省结好40周年纪念活动采用线上方式，但能够以这样的方式相聚，体现出我们的友谊天长地久。在全球新冠肺炎疫情下，马里兰州与安徽省之间的友好省州关系更加珍贵，两省州之间相互支持和捐赠医疗物资，为抗击疫情起到了关键作用，也充分印证了双方的深厚友谊。40年来，马里兰州和安徽省人民在文化、经济、教育等方面开展了丰富多样的交流与合作，期待双方未来合作更加富有成果，促进双方共同繁荣与发展。

崔天凯在视频致辞中表示：“我很高兴看到中美两国地方明确按下‘重启键’，以实际行动开启中美友好合作的新篇章。”

林松添在致辞中表示：“我们期待包括安徽省和马里兰州在内的中美两国友好省州和城市能够共同努力，为推动中美关系重回正轨、重启对话、重开合作做出积极贡献。中国人民对外友好协会和我本人也希望与霍甘州长加强合作，推动中美省州长论坛早日恢复，让中美地方交流与合作给两国人民带来更多福祉。”

中国人民对外友好协会会长林松添线上出席纪念活动启动仪式

启动仪式上，各位嘉宾共同观看了安徽省与马里兰州结好 40 周年历史及合作成果短片。启动仪式后，双方举办友好合作展望未来对话会，就两省州未来在友好省州框架下拓展互利共赢的务实合作进行了富有成效的对话。

章曦在对话会上表示，安徽省与马里兰州产业契合度高，经济互补性强，根据李锦斌书记和霍甘州长 2017 年共同签署的《关于进一步深化两省州战略合作备忘录》和会晤达成的共识，期待并致力推动两省州友好交往更加密切，经贸合作更加深入，科教交流更加丰富，人文交流更加多彩。后续两省州还将择期举办结好 40 周年经贸、教育文化合作交流 2 个分项活动。

时任安徽省政府副省长章曦出席安徽省与美国马里兰州结好 40 周年纪念活动启动仪式

为推动开展此项活动，安徽省外办与美国马里兰州州务卿办公室工作人员，前后历经近半年的时间，一方面通过微信、电话、电子邮件等方式进行反复协调与磋商，一方面积极谋划筹备，在省委、省政府的领导下，在马里兰州政府的支持下克服重重困难，最终促成纪念活动圆满顺利举行。

安徽省外办与美国马里兰州州务卿办公室以视频连线方式举行
关于结好纪念活动事宜协商会议

团结一致共同抗疫

2020 年 4 月 18 日，由安徽省政府捐赠给友好省州美国马里兰州的抗击新冠肺炎疫情医疗物资 10 万只口罩运抵马里兰州；由安徽省马术运动协会和砀山县政府共同捐赠的 4 万只口罩也于 4 月 21 日运抵马里兰州。马里兰州副州务卿路易斯·布兰达、州外办主任玛丽·尼驰以及马里兰-安徽友好省州委员会副会长许纲等赴现场接收物资。中国驻美国大使馆公使徐学渊与布兰达副州务卿进行了视频连线通话。布兰达副州务卿和许纲副会长分别向安徽发来视频表达谢意。

布兰达副州务卿真诚感谢安徽省人民政府和全省人民对马里兰州抗击疫情的支持与帮助，认为此次安徽的大量援助真是雪中送炭，有安徽这样的朋友真好，此次捐赠充分见证了两省州 40 年的深厚情谊。徐学渊公使介绍了中国抗疫斗争取得的重大进展，对马里兰州人民遭受疫情影响表示同情和慰问，希望安徽省捐赠的这批抗疫物资能为马里兰州抗疫提供帮助，鼓励中美两国携手合作、共克时艰。许纲副会长感谢家乡对马里兰州的及时援助，他深切感受到来自家乡的温暖并表示将进一步致力于推进两友好省州更广更深更实

安徽捐赠美国马里兰州抗疫物资确认收货现场

的友好交流与合作。

2020 年 5 月 8 日晚 6 时（美国东部时间 5 月 8 日上午 6 时），安徽与美国马里兰大学新冠肺炎疫情医疗专家视频交流会议在安徽医科大学第一附属医院召开。中国驻美国大使馆公使徐学渊，安徽省外办主任雍成瀚、副主任张力芳，时任安徽医科大学第一附属医院院长梁朝朝以及多位具有抗击新冠肺炎疫情一线经验的专家，马里兰大学巴尔的摩校区代理校长贾雷尔教授及其他 8 位医疗专家参加本次视频连线会议。

视频连线期间，双方医护人员就新冠肺炎的治疗、病情预断、诊断检测和操作技术等进行了交流，安徽医科大学第一附属医院多名曾在抗疫一线工作的专家对马里兰大学相关人员提出的问题给予详细解答。

会议结束时，徐学渊公使感谢安徽举办此次会议，表示这次视频交流中的经验介绍和问题解答将有助于马里兰州更好地开展抗击疫情、救治患者工作，这将对马里兰州抗击疫情、拯救生命，深化两省州合作交流具有重要意义。贾雷尔校长代表马里兰大学医疗团队感谢安徽和中国驻美大使馆支持举办此次会议，并希望继续开展医疗合作交流。

安徽与马里兰大学新冠肺炎疫情医疗专家视频交流会现场

皖俄篇*

安徽情牵伏尔加河畔

2020年7月2日下午3时（莫斯科时间当日上午10时），安徽省与俄罗斯伏尔加河沿岸联邦区新冠肺炎疫情防治经验交流视频会议在安徽医科大学第一附属医院举行，安徽省外办雍成瀚主任主持会议。中国驻喀山总领事吴颖钦，安徽省卫健委副主任杜昌智，时任安徽医科大学第一附属医院院长梁朝朝、副院长费广鹤及其他8位具有抗击新冠肺炎疫情一线经验的专家和省疾控中心专家，下诺夫哥罗德州、鞑靼斯坦共和国、萨马拉州、达吉斯坦共和国、图瓦共和国、巴什科尔托斯坦共和国、楚瓦什共和国、布良斯克州等联邦主体卫生部官员、相关大学和医院医疗专家代表共60余人参加会议。

雍成瀚主任在开场致辞中表示，安徽省与伏尔加河沿岸联邦区有着长期友好交往与合作的历史。安徽省在抗击疫情的艰难时刻，得到来自下诺夫哥罗德州等友好省州的大力支持，对此安徽深表感谢。新冠肺炎疫情在全球加剧蔓延，俄罗斯及伏尔加河沿岸联邦区的疫情也一直牵动着安徽人民的心。在此艰难时刻，安徽非常高兴与伏尔加河沿岸联邦区举行防治经验交流视频会议，非常愿意将安徽省治疗病患的做法和实战经验与俄方分享，希望能对联邦区抗疫提供借鉴和帮助，同时邀请俄方代表在疫情结束后访问安徽，进一步推动双方在经贸、教育、医疗卫生等领域的合作交流。

---

* 安徽与俄罗斯部分地区携手抗疫、共克时艰，结下深厚友谊，故单列一篇，未纳入“皖欧篇”。

安徽与俄罗斯伏尔加河沿岸联邦区举行
抗疫经验分享交流视频会议

安徽省卫生健康委员会杜昌智副主任简要介绍了安徽省在新冠肺炎疫情防控方面的具体措施和经验。安徽医科大学第一附属医院专家结合具体病例和研究数据，对下诺夫哥罗德州等 5 个联邦主体医疗专家提出的 20 多个问题给予了详细解答和指导，并就新冠肺炎的治疗、病情预断、诊断检测和操作技术等进行了技术交流。会议结束时，中国驻喀山总领事吴颖钦致辞表示，中俄两国在疫情期间的合作充分体现了中俄全面战略协作伙伴关系的高水平和特殊性，在国际舞台上中俄两国强强联手成效显著，坚决消杀政治病毒，发出维护国际公平正义的最强音。下诺夫哥罗德州卫生部副部长马扎廖夫、鞑靼斯坦共和国卫生部副部长阿巴舍夫以及萨马拉州卫生部副部长、医疗救助组织局局长索琴斯卡娅等俄方代表致辞，感谢安徽组织此次视频会议和医疗专家交流分享抗疫经验。

长江牵手伏尔加河

如果说河流有性格，中国的母亲河之一长江与俄罗斯的母亲河伏尔加河，有着许多契合之处——宽广的胸怀、坚韧的气质，载得起本民族的光荣与悲壮、希冀与求索。

如果说河流有记忆，伏尔加河会记得，2012 年 4 月，时任中国国务院副总理李克强出访俄罗斯时，在喀山与伏尔加河沿岸联邦区地方领导人和中国有关省市负责人举行座谈会。当时他对伏尔加河流域的发展潜力表示赞赏，并提出“从国家层面加大对地方合作的推动”等建议。当然长江也会记得，2014 年 4 月，李克强总理乘船溯江而上，殷殷嘱托要用黄金水道串起长江经济带的“珍珠链”。

“两河流域”合作机制于 2013 年 5 月正式启动，合作范围包括中国四川、重庆、湖北、湖南、江西、安徽 6 省（市）以及俄罗斯伏尔加河沿岸联邦区 14 个联邦主体。两个区域开展合作可谓是“门当户对”：长江中上游 6 省（市）占中国经济总量的 22%，是中国重要的农业基地、制造业基地；伏尔加河沿岸联邦区面积占俄罗斯领土面积的 6. 1%，生产总值占国内生产总值的 15%，是俄罗斯重要的工业区和农业区。

“两河流域”合作机制的运行是中俄区域经济合作中非常有智慧的创举，目前该机制运行顺利，在投资和人文领域已经取得丰硕成果。同时，“两河流域”地区开展合作的需求和潜力仍然巨大。

长江（左上、左下）和伏尔加河沿岸风光一瞥

安徽省与下诺夫哥罗德州的友好交往与“两河流域”合作机制几乎同步。2013 年 5 月，时任安徽省常务副省长詹夏来率团参加于武汉召开的“两河流域”地区地方领导人座谈会，安徽省表达了与下诺夫哥罗德州开展友好交往的美好意愿。2014 年 7 月，安徽省与下诺夫哥罗德州签署《关于开展经贸、科技、人文合作的协议书》，双方约定建立友好省州关系并开展经贸、科技、人文领域的交流与合作，正式结为友好省州。此后，双方团组互访频繁，在经贸、教育、人文、旅游等领域的交流与合作不断推向深入。

友城携手抗疫克时艰

2020 年疫情发生以来，安徽省与下诺夫哥罗德州携手抗疫、共克时艰。2020 年 3 月 2 日，下诺夫哥罗德州外联局局长奥尔加·叶莲娜致信安徽省外办，对安徽遭受新冠肺炎疫情表示深情慰问与支持，并期望两省州的合作能进一步深入发展。

安徽省向俄罗斯下诺夫哥罗德州捐赠抗疫物资

为支援下诺夫哥罗德州抗击新冠肺炎疫情，2020 年 9 月 15 日，安徽省向下诺夫哥罗德州捐赠的 990 件医用防护服、2 万只一次性医用口罩等防疫物资正式从合肥启运并在运抵俄罗斯后通过中国驻喀山总领馆转交给下诺夫哥罗德州政府。

启运前，安徽省外办秦俊峰副主任赴仓库查看货物准备情况并与中国驻喀山总领馆吴颖钦总领事进行视频通话。秦俊峰向吴颖钦介绍了此次捐赠的基本情况，感谢驻喀山总领馆在捐赠过程中给予安徽的支持和帮助。吴颖钦表示，近年来，安徽省与俄罗斯尤其是下诺夫哥罗德州交往密切，合作成果丰硕。尤其是在 2019 年，李锦斌书记率团访问下诺夫哥罗德州，举行了“下诺夫哥罗德州安徽日”开幕式暨魅力安徽图片展和中国（安徽）— 俄罗斯（下诺夫哥罗德）经贸合作对接会，见证了一批新的合作协议和项目现场签约，下诺夫哥罗德州电视塔还专门举行了以“中国红”和“汉字安徽”等元素为主体的灯光秀。这一系列活动，大大促进了两友好省州之间的相互理解和相互信任，推进了双方经贸、科教合作项目的开展。此次捐赠体现了安徽省与下诺夫哥罗德州患难与共、携手抗疫的深厚友谊，同时，也是配合国家“抗疫外交”大局、开拓地方对外交往新局面之举，彰显了新形势下安徽地方外事工作积极担当作为、勇于开拓创新的新形象。

皖 欧 篇

鸿雁传书　纸短情长

新冠肺炎疫情发生后，安徽省收到了来自五湖四海的慰问信，有来自国际友城的，也有来自民间友好组织、友好人士的，还有来自部分国家驻沪总

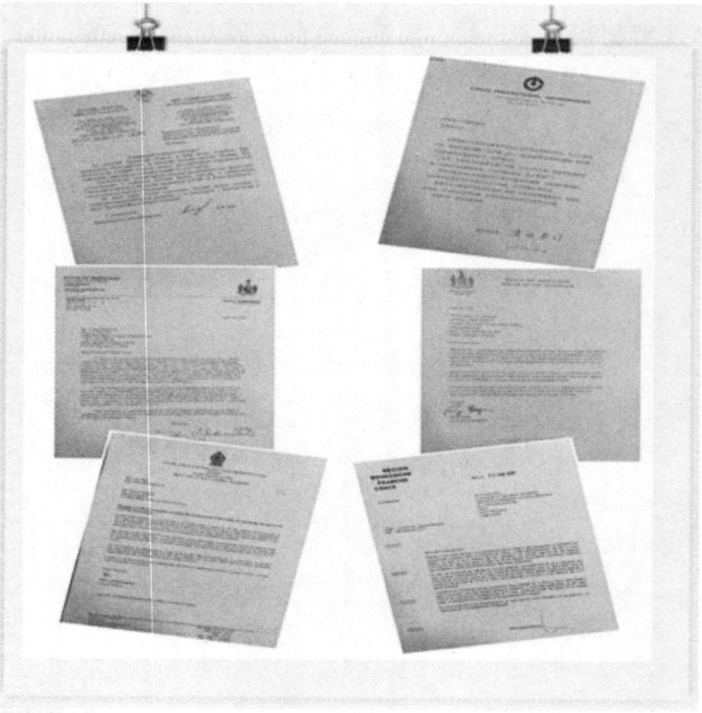

来自五湖四海的慰问信

领馆的。见字如面，所有的关心、问候、祝福与勉励都被文字凝练在尺素之上，虽是山高水远、语言各异，却是风月同天、心手相连。白俄罗斯布列斯特州州长李斯在信中表示，中国国家政府及领导人在抗击疫情过程中表现出来的坚强领导力和高效举措让其钦佩，中国人民的坚强勇敢让其钦佩。

千里驰援　雪中送炭

习近平总书记指出，“重大传染性疾病是全人类的敌人”，“新冠肺炎疫情的发生再次表明，人类是一个休戚与共的命运共同体”。2020 年 3 月 8 日，安徽省在疫情比较严重的省份中率先实现住院患者“清零”，全省疫情防控取得重要阶段性成效；而与此同时，新冠肺炎疫情在世界各地多点暴发。为此，安徽省一边抓紧外防输入、抓实内防反弹、抓细防控举措，一边服从国家统一调度和安徽省合作需要，力所能及地开展对外捐赠和技术交流，为国际防疫合作贡献安徽力量。

（一）岂曰无衣，与子同袍

合肥市与西班牙莱里达市结好已有 20 余年，当新冠肺炎疫情在西班牙大规模暴发后，合肥市立即筹备 189 箱防疫物资支援莱里达市。10 万只医用外科口罩、2000 件防护服、2000 件隔离衣和 2000 双一次性无菌橡胶外科手套通过西班牙驻上海领事馆的“外交邮袋”运往马德里并于 5 月 3 日上午抵达莱里达市。莱里达市市长米克尔・普约和西班牙中央政府驻莱里达副代表何塞・克雷斯到场接收。米克尔・普约说，这是他们在此次疫情危机中获得的最重要的物资，由衷感谢合肥市，真切希望加强合肥和莱里达之间的长期接触和合作。

黄山市与意大利佩鲁贾市于 2019 年开始结好。同为千年文化古城，两地心心相印。2019 年底，佩鲁贾市著名钢琴演奏家布鲁斯科、长笛演奏家切克默里来到黄山市，与黄山学院艺术学院师生合作举办“和平指挥棒”音乐会，以乐会友，共谱华章。不承想，2020 年，两地即遇空前挑战：新冠肺炎疫情突袭而至，意大利佩鲁贾市所在翁布里亚大区疫情肆虐，其第一时间向黄山市求助。疾风知劲草，患难见真情，黄山市迅速反应，万里驰援，第一时间

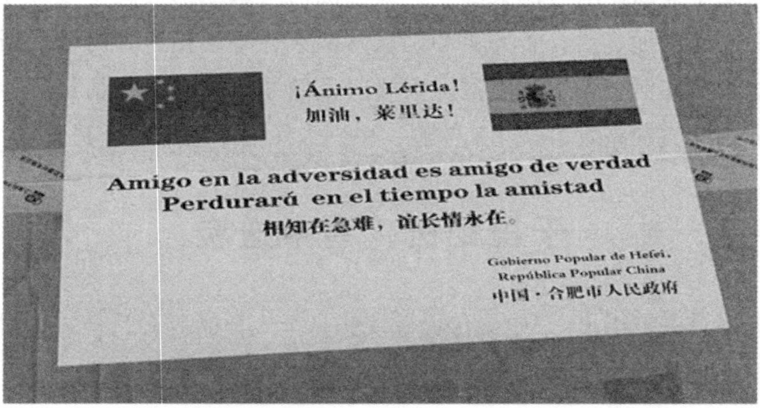

合肥市向莱里达市捐赠的物资

将抗疫物资运送到佩鲁贾市并致信佩鲁贾市政府分享居家隔离、社区网格化管理等方面的抗疫经验。

2020 年 3 月 18 日，马鞍山市组织调配防疫口罩支援意大利曼托瓦省；4 月 20 日，安徽省捐赠的 900 件医用防护服运抵白俄罗斯布列斯特州；安庆市向英国索尔兹伯里市卫生局等捐赠防护口罩……安徽用实际行动证明，有一种温暖，叫“安徽援助”。

（二）“风”“云”际会，共享经验

“风”行千里不问生死。3 月 25 日，在意大利沦为当时世界疫情最严重的国家后，安徽省新冠肺炎医疗救治专家组组长、中国科学技术大学附属第一医院（安徽省立医院）副院长徐晓玲教授，作为中国政府第三批赴意大利抗疫医疗专家组顾问，飞赴意大利开展支援工作。疫情无国界，救人更没有国界！

“云”端相会共享经验。3 月 24 日，安徽省与波兰下西里西亚省举办视频会议，分享交流新冠肺炎疫情防控经验。4 月 2 日，中国科学技术大学附属第一医院（安徽省立医院）专家通过远程视频系统，向波兰、瑞士、德国、英国、俄罗斯等 7 国 70 余家医院同行，分享新冠肺炎患者诊疗和救治经验。安徽以实际行动配合国家“抗疫外交”，通过共享抗疫经验，展现中国大国担当，生动诠释全球化不仅是经济方面的合作，更是困难时期的命运与共！

中德："一号工程"提振复工复产

2020年5月29日凌晨，北京人民大会堂里，安徽省外办礼宾处处长刘鹏正在协助省"两办"布置会场，每一张桌椅的位置、每一张席卡的摆放、每一次音响的试效，都做到精准无误。雍容华贵的大红毯上，矗立着2个巨大的显示屏，上面用中英文显示着：安徽江淮汽车集团　德国大众汽车集团战略合资合作协议签署暨启动仪式。

安徽江淮汽车集团　德国大众汽车集团
战略合资合作协议签署暨启动仪式现场

这是一次特殊的"云"聚会。全国两会刚刚闭幕，安徽就第一时间推动省内汽车"巨头"与国际汽车"大亨"联手话合作，坚定不移地贯彻落实党中央加快推进复工复产的指示精神，坚决有力地启动重大投资，坚持不懈地在改革创新和扩大对外开放上"下大棋""迈实步"。

5月29日上午，国务委员王勇宣布：安徽江淮汽车集团与德国大众汽车集团战略合资合作项目正式启动。时任安徽省委书记李锦斌致辞，时任安徽省省长李国英主持仪式。德国驻华大使葛策出席，德国大众汽车集团首席执行官迪斯在德国视频连线并致辞。

目睹江淮汽车与大众汽车签署协议的那一刻，刘鹏内心百感交集：江淮与大众的成功"联姻"，离不开安徽省委、省政府的高度重视，离不开省内方

安徽江淮汽车集团、德国大众汽车集团战略合资合作协议签署现场

方面面的通力协作，更离不开省外办的精心服务。

时间回溯到2015年10月，省外办接到了一次特殊的外事接待任务：李克强总理陪同默克尔总理来皖访问。为了圆满完成这次“国家领导人家乡外交”的重大任务，省外办倾全办之力，不分昼夜协调安排。作为当时的亲历者之一，刘鹏依然清晰地记得筹备接待过程中的种种挑战和困难，来宾的食宿交通、活动安排、成果设计，每一样都要严格按照规格和标准，容不得丝毫差错。正是在这次高规格的国宾接待中，在“国家领导人家乡外交”这种灵活亲切的外交形式下，两国领导人在轻松友好的氛围中为江淮汽车和大众汽车的合作牵线搭桥，安徽省先进制造业“一号工程”就此在合肥孕育而生。

如果说江淮与大众是一对热恋中的情侣，那么相互往来、沟通谈判是二者感情升温的必要条件。省外办充分发挥自身职能优势，为两者之间的交流交往搭建平台。一方面，积极引进来，加速德国大众汽车集团高层对江淮汽车的了解，推动双方合作，提升契合度，明确方向和路径。正是这一场场外事活动，让江淮和大众这对情侣的感情迅速升温。另一方面，积极走出去，实地调研大众汽车的现状。为及时跟进落实两国总理共同访皖的有关成果，省外办围绕“一号工程”等重大对德合作项目，在因公出访省级团、经贸团计划安排上把德国放在优先方向，给予较大的政策倾斜。

2017 年，在德国沃尔夫斯堡的大众汽车集团总部，作为省外办礼宾处处长的刘鹏，见证了江淮汽车、大众汽车与合肥市政府《江淮大众安徽（合肥）项目投资合作框架协议》的签署。当时，他的职责是安排李锦斌书记率团访问大众总部，与时任大众汽车集团董事会主席穆伦、大众汽车集团中国区总裁海兹曼等集团高层会谈、签约。那一年，江淮与大众正式“喜结良缘”。

2019 年，在西班牙马多力，他见证了江淮汽车与大众汽车集团（中国）、西雅特共同签署协议。那一年，他是江淮汽车集团的挂职副总裁。在江淮挂职的一年多时间里，他深入车间、跟进项目，对于“一号工程”有了更深入的认识。在他脑海中，这项合作不再是一纸简单的协议，而是实实在在的经济效益和科学技术。那一年，他看到了引进西雅特后江淮大众项目未来的发展战略，以及电动车研究的广阔前景。

2020 年 5 月，在北京人民大会堂，在江淮汽车集团结束挂职的刘鹏，再次回到省外办礼宾处处长的岗位，这一次，他见证了江淮与大众战略合资合作协议的签署。在境外疫情持续扩散蔓延、全球经济产业链受到严重冲击的情况下，江淮汽车与德国大众汽车以深化战略合资合作的方式坚守企业精诚合作的“蜜月”关系，两者的深度合作有力提振了市场经济信心，助力了安徽省乃至全国复工复产。

刘鹏仅仅是众多安徽省外办外事劳动者的一个缩影，在江淮与大众合作的每一步里，都有他们的无私付出和默默奉献。正是由于他们对外事资源的辛勤耕耘，安徽省与德国下萨克森州的友好省州关系才会在 36 年间历久弥新，近 40 个对德合作重点项目才会蓬勃发展，合肥学院等中德合作平台才会越来越广阔，皖德合作的土壤才会越来越肥沃，最终绽放出江淮大众这朵绚烂的花朵。

雄关漫道真如铁，而今迈步从头越。江淮大众项目如今站在了“联姻”的新起点上，正在擘画更大的市场前景，皖德合作也将在互利共赢的道路上继续走深走实，而省外办也将充分发挥外事资源优势，在更广阔的平台上谱写外事服务地方经济社会发展的华彩乐章！

VOLKSWAGEN

AKTIENGESELLSCHAFT

李锦斌 先生
安徽省委书记
中国 / 安徽

Mr. Li Jinbin
Party Secretary, Anhui
Anhui / China

IHRE ZEICHEN
IHRE NACHRICHT
UNSERE ZEICHEN
DURCHWAHL
TELEFAX
E-MAIL

DATUM

德国沃尔夫斯堡，2020 年 5 月 29 日
Wolfsburg, Germany, 29th May 2020

VOLKSWAGEN
AKTIENGESELLSCHAFT
38436 WOLFSBURG
DEUTSCHLAND
TELEFON +49 5361 9-0
TELEFAX +49 5361 9-28282
VW@VOLKSWAGEN.DE

VORSITZENDER DES
AUFSICHTSRATS:
HANS DIETER PÖTSCH

VORSTAND:
HERBERT DIESS –
VORSITZENDER

OLIVER BLUME
MARKUS DUESMANN
GUNNAR KILIAN
ANDREAS RENSCHLER
STEFAN SOMMER
HILTRUD D. WERNER
FRANK WITTER

VOLKSWAGEN
AKTIENGESELLSCHAFT

尊敬的李书记，
Dear Party Secretary Li,

首先热烈祝贺中国两会取得圆满成功。在今年的特殊背景下，中国的两会，意义非同寻常，它为中国和全世界的复苏，带来了希望，增强了信心。
First of all, I would like to extend our warmest congratulations to the successful holding of the "Two Sessions". Under the particular circumstance caused by the pandemic, the "Two Sessions" of this year carries greater significance, as it offers a glimmer of hope for China, as well as injects confidence into the global economic recovery.

正是基于对中国的信心，大众汽车将持续推进以中国为重点的既定战略，加大在中国的投入。在此，我非常高兴的向您汇报：大众汽车集团与安徽的两个全新合作项目，已获得了监事会的批准，并于今天签署了相关协议。
Based on our confidence in China, Volkswagen Group will continue to advance China-focused strategy, and expand our group's investment in China. It is also my pleasure to announce that the two new cooperation projects have been successfully approved by the Supervisory Board of the Group with agreements signed today.

大众汽车加大投资安徽的决定，首先源于中国政府近年来坚持实施的扩大开放、稳定外资的政策。其次，自从我们与江淮汽车的合资企业建立以来，我们亲身感受到，安徽省的投资环境不断完善，制造业水平持续提升，具有深厚的发展潜力。特别是在今年的特殊时期，安徽在抗击疫情和稳定社会恢复经济等方面，都取得了极其优异的成就。我们在安徽的合资企业江淮大众汽车也得到了各方面的支持与关心。对此，我要代表大众汽车集团，向您和安徽人民，表示由衷的敬佩与感谢。同时，大众汽车会一如既往地践行对安徽的承诺，致力于把安徽建设为新一代新能源汽车产业中心。
Volkswagen's decision to expand investment is built upon Chinese government's firm determination in opening up and stabilizing foreign investment. After years of pleasant cooperation with JAC, we are glad to see the improving investment climate, the rising quality of manufacturing, as well as the unlimited potential in economic development. Particularly this year, Anhui has achieved outstanding performance in the fight against the COVID-19 outbreak and socio-economic recovery amid the pandemic. JAC Volkswagen, our Joint Venture in Anhui, has also been receiving unwavering support and assistance. Therefore, on behalf of Volkswagen Group, I would like to extend our heartfelt appreciation to you and people in Anhui. Meanwhile, Volkswagen Group's commitment to Anhui remains unshakable, we will continue to shape up Anhui to be the next NEV industry development hub.

此致敬礼，
Yours Sincerely

迪斯 博士
Dr. Herbert Diess

大众汽车集团管理董事会主席
Chairman of the Board of Management of Volkswagen AG

德国来信拼图

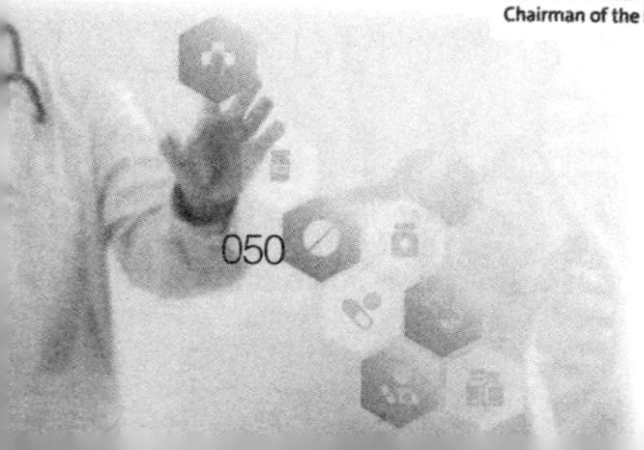

中国共产党安徽省委员会

尊敬的迪斯博士：

来信收悉。首先，为大众集团与安徽江汽集团和国轩高科的成功签约向您表示祝贺，同时也感谢您和大众集团对安徽经济社会发展和投资环境的认可和信任！

大众集团一直是安徽看重的合作伙伴，近年来江淮与大众的互利合作稳步向前并取得了积极进展，江淮大众思皓E20X上市。特别是此次在中德两国高层的关心支持下，江汽与大众合资合作成功签约，这是双方积极融入习近平总书记“一带一路”倡议、推进制造业高质量发展的重要成果，在安徽制造业发展史上具有重要标志性意义。创新引领“江淮”，制造铸就“大众”。安徽省委、省政府将建立一揽子保障机制，全力把江汽大众合作项目打造成深化国资国企改革的重要品牌、加强中外合资合作的先行示范。相信在双方共同努力下，江淮大众一定能够成为新能源汽车产业的领军者，双方合作一定能在新的起点上携手并进、共创更好未来。

6月3日，习近平总书记与默克尔总理通电话时指出，中德“快捷通道”已于近日正式启动。竭诚欢迎迪斯博士和您的同事在适当时来安徽访问，期待与您再次会面。祝您身体健康、顺颂商祺！

中共安徽省委书记 李锦斌

2020年6月6日

书信复函拼图

中法：“云”牵皖孔　“旧情复燃”

2020年4月21日22：00，安徽省灵璧县下楼镇陈潭村一间简陋的办公室里，一位30岁左右的年轻干部在电脑前嗒嗒地敲着法文，这些信息正以光速抵达法国勃艮第-弗朗什-孔泰大区。

这位年轻的干部是安徽省外办的法语翻译李欣宇，也是陈潭村的扶贫干部、村人眼中的“大李”。新冠肺炎疫情发生后，他和省外办驻陈潭村工作队的另2位同志王浩、何翔没过完春节就投入疫情防控阻击战中，在陈潭村值班值守、筹措物资、收集信息、包保网格等，与时间赛跑，与村民共进退。为做好村庄道口的管控，工作队24小时值班，不管风吹日晒、白天黑夜，始终坚守在一线，认真对进出人员进行登记、测温，对外来人员进行严格管控，对聚餐或聚集行为进行宣传劝导，力求将人员流动控制在最小限度、将聚集感染风险降到最低。为了解决防护物资缺乏的问题，王浩想方设法弄到一批口罩，开车将口罩运回村里，挨家挨户发放到村民手中；又来回绕七八个小时，将口罩送到合肥，发放到在皖留学生的手中。

然而，随着国内疫情好转，国外疫情多点暴发，法国更是沦陷为欧洲第二大疫情重灾区（仅次于意大利）。在法国疫情地图上，孔泰大区属于红色危险区域。作为法语翻译，出于职业习惯，李欣宇一直密切关注法国疫情，尤其是法国孔泰大区——这个与安徽分分合合的国际朋友。

1987年5月，安徽省与弗朗什-孔泰大区正式缔结友好省区关系。1989年，因孔泰大区议会撤销负责国际友城工作的国际关系部等，两省区友好交往中断近10年。1999年，在中国驻斯特拉斯堡总领馆的帮助下，双方关系逐渐复苏，并于2002年3月签订《弗朗什-孔泰大区与安徽省合作备忘录》，2005年10月签署关于加强两省区友好关系的备忘录。2013年，大区再次撤销国际关系部，双方友好合作交往再次中断。2014年11月，法国国民议会通过行政区划改革议案，将法国原22个大区合并为13个新的超级大区并于2016年完成区划改革，弗朗什-孔泰大区与勃艮第大区正式合并，成立新的勃艮第-弗朗什-孔泰大区。此后，安徽省虽试图与新大区建立联系，但一直未果。

当得知孔泰大区多次向外界争取抗疫物资援助，李欣宇立即向省外办报告。省外办党组高度重视，敏锐地意识到，这可能是安徽省与孔泰大区再续前缘、重修旧好的机会，于是立即安排相关业务处室筹措跟进。省外办主任雍成瀚起草致法国孔泰大区的慰问信，表达了捐赠意愿。孔泰大区副主席帕特里克·阿亚什回信表示感谢，但后续落实捐赠事宜时，帕特里克副主席迟迟没有回音。

作为联络员，李欣宇每晚守候在电脑前，等待帕特里克副主席回信，这样的日子持续了近3个星期。考虑到孔泰大区疫情越来越严重，盲目等待只会延误援助的最佳时机，他决定另辟蹊径——“由下而上”走不通，那就试试“由上而下”。大区主席马丽吉特·杜菲女士，坚持每天发布疫情信息，从其言语间可以感觉到，她是一位做事严谨认真的老太太。于是，李欣宇把目标锁定在杜菲女士身上。由于孔泰大区已是疫情重灾区，所有人居家隔离，无人上班，打办公室电话只是徒劳，更何况李欣宇身处偏远乡村也无法打国际长途电话，于是，他在网上穷尽一切方式寻找杜菲女士的电子邮件地址，最终功夫不负有心人，其在一款新的社交软件上找到了杜菲女士的电子邮件地址，尝试性地发了一下邮件后，当天就收到回信。在确认这是有效联系渠道后，他立即将李国英省长致杜菲主席的信发过去，杜菲主席对安徽捐赠事宜高度重视，立即给予回复。至此，援助孔泰大区之事打开了新局面，捐赠进入实操阶段。

5月7日下午，省外办主任雍成瀚与法国勃艮第-弗朗什-孔泰大区国际和欧洲事务部主任安娜-玛丽·奥莱克斯举行工作视频会议，商谈当前抗击新冠肺炎疫情合作事宜以及今后开展两省区合作交流的设想。雍成瀚主任对孔泰大区当前新冠肺炎疫情加剧深表关切和慰问，表示安徽省将向大区捐赠一批抗疫医疗物资，希望双方有关部门加快办理物流和通关手续，争取早日将物资运达大区并提议两省区举行新冠肺炎疫情防控治疗经验交流视频会议，邀请曾在抗疫一线工作、具有丰富治疗经验的医疗专家与孔泰大区人们分享安徽经验和做法，帮助孔泰大区人们更好地救治患者。安娜-玛丽·奥莱克斯转达了孔泰大区主席对安徽省捐赠抗疫物资、开展抗疫合作的感谢，她说勃艮第-弗朗什-孔泰大区与安徽省确立友好省区关系具有战略意义，愿意进一步推动两省区在制造业、教育、旅游等领域的合作交流。

省外办与法国勃艮第-弗朗什-孔泰大区国际和欧洲事务部
举行工作视频会议

省外办领导带领相关业务处室紧锣密鼓地筹措物资，安排物流运输、清关检测等事宜，李欣宇成了省外办与孔泰大区之间的联络员，两地时差是6个小时，为将物资种类、数量、起运时间、收货方式等信息及时传递到位，他常常加班加点。五六月份，村里除了疫情防控，脱贫攻坚夏季攻势、灌溉通水通电、午季麦收秸秆禁烧等工作也纷至沓来，有时因时间紧迫，他直接在田间地头回复邮件。经过所有人的努力，这批捐赠物资顺利抵达法国孔泰大区。

岁寒知松柏，患难见真情。当疫情来袭，安徽不仅善其身，还兼济天下，及时向友城伸出援手。孔泰大区对此由衷地表示感谢，提出安排大区领导和安徽省人民政府主要领导进行视频会谈，就两省区合作交流交换意见。

7月8日下午，时任安徽省副省长章曦在省外办会议室与法国勃艮第-弗朗什-孔泰大区副主席帕特里克·阿亚什举行视频会晤。章曦表示：中法友谊源远流长，安徽与孔泰大区于1987年建立友好省区关系后一直保持友好交往，在经贸、教育、文化等领域开展了有效合作，取得了务实成果。大区主席杜菲女士与时任安徽省李国英省长互致信函，就双方疫情表示慰问和关切。在省外办与大区国际部门沟通后，安徽省已向大区捐赠防疫物资，希望对大区抗疫提供力所能及的支持。两省区人民在艰难时刻携手合作，共同抵抗疫情，是中法人民守望相助、真挚情谊的有力见证。帕特里克表示，安徽省捐赠的防疫物资已顺利抵达并第一时间交于卫生部门，大区对此表示诚挚感谢。双方沟通顺畅，对共同抗疫、深化交流、加强多领域合作等问题达成共识。

RÉGION
BOURGOGNE
FRANCHE
COMTE

Dijon, le 22 JUIN 2020

La Présidente

MR LI GUOYING
GOVERNOR OF THE ANHUI PROVINCE
PEOPLE'S GOVERNMENT OF ANHUI PROVINCE
No.1 ZHONGSHAN ROAD
HEFEI
ANHUI PROVINCE
CHINA 230091

Objet : COVID-19 – Remerciements
Ref. : AMO/KLH/ES L611

Monsieur le Gouverneur,

Depuis le mois d'avril dernier, nos services ont été en relation afin d'organiser le transport des équipements médicaux dont la Province de l'Anhui a très généreusement fait don à notre Région. Je tiens à vous informer de leur réception, au conseil régional de Bourgogne-Franche-Comté, dans ses locaux à Dijon, le 16 juin dernier. Nous allons désormais organiser leur distribution auprès des infrastructures régionales adéquates.

Au nom de l'ensemble de l'équipe du conseil régional, permettez-moi de vous adresser nos plus sincères remerciements et notre profonde reconnaissance pour la générosité dont la Province de l'Anhui fait preuve en cette période de crise. Nous restons également attentifs à l'évolution de la crise en Chine et dans votre Province et tenons à vous assurer de notre pleine solidarité.

L'épidémie de COVID-19 semble aujourd'hui sous contrôle en France et dans notre Région mais il nous faut, plus que jamais, demeurer prudents. Il nous faut également, en lien avec l'Etat et en réponse aux conséquences de la crise, continuer à bâtir les bases d'une reprise solide, économiquement, socialement et écologiquement durable.

En vous renouvelant nos remerciements, je vous prie de croire, Monsieur le Gouverneur, en l'assurance de ma considération distinguée.

Marie-Guite DUFAY

4, square Castan - CS 51857 - 25031 BESANÇON cedex - Tél. 0 970 289 000 - www.bourgognefranchecomte.fr

勃艮第–弗朗什–孔泰大区主席的感谢信

时任安徽省副省长章曦与法国勃艮第-弗朗什-孔泰大区副主席举行视频会晤

安徽省外办以此次疫情为契机，推动安徽省与法国孔泰大区在历经 7 年失联后关系出现历史性回暖翻开“旧情复燃”的新篇章，用实际行动诠释了疫情防控常态下稳中求进、危中寻机的生动内涵。

皖 非 篇

出 征

2020年8月18日下午，合肥新桥机场，安徽抗疫专家组和医疗队成员高举国旗，庄严誓师。安徽省外办主任雍成瀚主持欢送仪式，时任安徽省常务副省长邓向阳与抗疫专家一一握手、殷殷叮咛。这是中非团结抗疫峰会后中国政府向非洲派出的首支抗疫医疗专家组。

6月17日，国家主席习近平在中非团结抗疫特别峰会上号召中非团结抗疫、共克时艰。长期以来，安徽省与非洲各国保持着友好交流与合作，政府间和民间交往频繁，硕果累累，安徽农垦集团在津巴布韦筚路蓝缕开启山林，安徽建工集团在北非阿尔及利亚叫响安徽质量。2018年，津巴布韦总统姆南加古瓦莅临安徽，与时任省委书记李锦斌共商皖津合作，将皖非友好合作推向新高潮。2020年，新冠肺炎疫情发生后，我省及时向津巴布韦捐赠防疫物资，积极配合国家“抗疫外交”大局。作为对非友好合作的好伙伴，安徽省义不容辞，率先在峰会后响应中央统一部署，组织医疗专家组赴南苏丹和几内亚支持抗击新冠肺炎疫情。这是一次特殊的“外交行动”，安徽省外办责无旁贷。为更好地将外事力量与医疗力量团结在“国际抗疫合作”的战线上，省外办派遣工作组（以下称为省外办前方工作组）在省疫情防控指挥领导小组办公室定点办公，在此次援非抗疫中承担联通上下、协调左右的重要使命。

6月23日到8月18日，从方案拟制、专家组筹建到捐赠物资采购、包机签证事宜等，省外办前方工作组不舍昼夜，在外交部、卫健委、中国驻外使

安徽抗疫专家组和医疗队出征仪式

领馆、南苏丹和几内亚政府部门，以及省内卫生、海关、边检、民航等国内外组织机构间沟通协调，跨部门，跨国界，时间之紧迫、协商之艰巨、细节之复杂，远远超过想象。省外办前方工作组建了 7 个微信群，昼夜联系中、南、几 3 国相关单位、企业 300 余人，协调办理人员活动安排、资金筹措、援助物资采购、通关、包机运输等筹备事宜。

8 月 18 日晚，专家组即将出征，但是原定 00：10 起飞的包机在沙迦经停事宜尚在协调之中。候机室里，专家组整装待发，省外办前方工作组组长胡健不停查看手机，与外交部、中国驻阿联酋使领馆和海南航空公司联系，同时与边检、海关、机场等部门的同志们商讨工作预案并安抚焦急等待的与专家组同行的来自中石油、中石化、山东高速等企业的 187 名乘客。地球另一端，驻阿联酋使领馆的同志们争分夺秒地与阿方协调专家组包机在沙迦经停事宜。时间一分一秒地过去，所有人都惴惴不安，专家组能否如期出行取决于外交官们在前线斡旋的结果。

8 月 19 日 1：35，胡健的手机屏幕亮起，中国驻阿联酋使领馆发来消息，经停事宜已经协调妥当，在场的每一位同志都如释重负。3：00，专家组的包机从合肥新桥机场顺利起飞，漆黑的夜空被机场的灯火照得透亮，远去的飞机在天空中留下优美的弧线。胡健带领省外办前方工作组同志以及边检、海关部门同志伫立在机场，向专家组挥手告别。

专家组包机准备起飞

8 月 19 日下午，专家组的包机顺利降落在南苏丹首都的朱巴国际机场，中国驻南苏丹大使华宁、南苏丹卫生部部长伊丽莎白 · 阿切 · 约尔及主要政府官员亲赴机场迎接，南苏丹副总统亲切会见专家组一行，接待规格之高，彰显了南苏丹政府对安徽省抗疫专家组的期望之深。

团结抗疫

南苏丹土地面积为 619745 平方千米，约为安徽面积（约 14 万平方千米）的 4 倍多，人口约 0. 11 亿。经过多年内战，南苏丹于 2011 年 7 月建立，成为非洲大陆第 54 个国家，也是世界上最不发达的国家之一。几内亚国土面积为 245857 平方千米，人口约 0. 13 亿，原是法属殖民地，1958 年

专家组抵达南苏丹

10 月 2 日独立，也是联合国公布的最不发达国家之一。虽然两国土地辽阔、资源富饶，但人民饱受战火蹂躏，新冠肺炎疫情的暴发更是让这两个苦难深重的国家雪上加霜，大部分百姓过着食不果腹、衣不蔽体的生活，一日三餐尚且无法保证，遑论有住房、有供电。价值 1 美元的口罩对他们来说，也算得上奢侈品。

在南苏丹，夜的寂静总是被阵阵枪声划破，就在专家组抵达南苏丹不久，南苏丹一副总统车队遇袭，一架飞机不幸坠毁，生死不过一线之间。夜晚，专家们从未拉开过卧室的窗帘，因为子弹随时有可能穿窗而过。白天，平时身着白大褂的专家们身穿防弹服，头戴防弹头盔，坐着防弹车，穿梭在硝烟四起的大街小巷，成了真正的“白衣战士”。专家组冒着生命危险，为当地百姓排忧解难，送去中国智慧和中国方案。人道主义的温情，一如奔腾的尼罗河，浸润着南苏丹和几内亚人民的心。

当地温度高达 35℃，专家组成员穿着防护服，戴着口罩、护目镜和手套，行走在泥泞的道路上，走进社区，走进市场，参访实验检测中心、隔离中心和医院，深入人员密集的高风险地区，了解社会民众疫情防控状况。泥土路很快磨破了专家们脚上的鞋套，防护服内汗水浸透了衣服，口罩下连喘气都成了奢侈。在街上，他们看到随意丢弃的垃圾和破旧的房屋；在当地最大的市场，他们看到大大小小的杂货铺林林总总，充满节奏感的非洲音乐中，人头攒动，小贩们或躺或坐，无一人佩戴口罩，专家们问一小贩对新冠肺炎的了解，小贩茫然地摇摇头。市场上的音乐还在继续，讨价还价声此起彼伏，专家组的心里却沉甸甸的，这种看似平静的生活下，是民众对疫情的无知和无力，是不断攀升的触目惊心的感染率和死亡率。

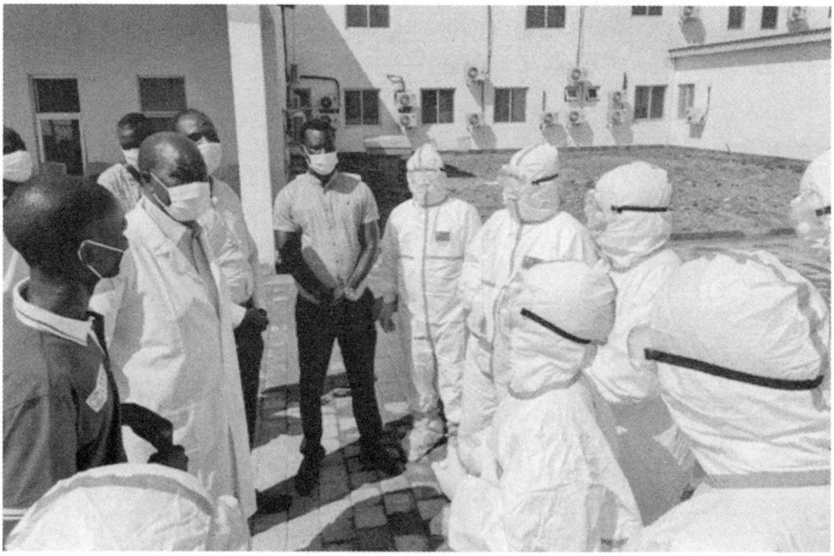

专家组了解当地疫情防控状况

在实验检测中心、隔离中心、医院，他们发现当地医疗物资极度匮乏。医疗设备极其简陋，一线医生的“铠甲”仅是一只口罩，发热门诊仅是医院旁临时搭起的一个棚子，日核酸检测能力仅200份左右。医疗防护能力薄弱，南苏丹和几内亚整体疫情不容乐观，副总统级别的官员都感染过新冠肺炎。专家组冒着被感染的风险，深入每一个科室，详细了解病区的清洁与消毒、医疗废物的处置、门急诊诊疗流程、隔离病房的分区管理、医护人员的个人防护等，在不摘口罩、不喝水、不上厕所的情况下连续工作数小时。白天是行程紧密的实地考察；晚上，则加班加点撰写报告，对南苏丹社区、乡镇、办公场所、公共场所的薄弱环节提出专业意见。国外媒体对专家组相关工作进行了报道。

国外媒体对专家组的报道（拼图）

省外办前方工作组与专家组保持紧密联系，密切关注专家组在非动态，随时给予协助。

8 月 24 日，在省外办的联系协调下，时任安徽省副省长章曦与南苏丹卫生部部长伊丽莎白·阿切·约尔举行视频会晤，就专家组在南苏丹工作开展情况、疫情防控和公共卫生领域合作进行交流，对两地医疗合作提出期望，向专家组送去诚挚问候。

省外办前方工作组召开工作会议

这些将生死置之度外的白衣战士们，是将中国方案和中国经验传递到非洲大陆的使者。在非期间，专家组每一场经验分享会都座无虚席，南苏丹和几内亚社会各界高度关注、积极参与、认真学习，各州、县卫生院、社区卫生所医护及院方负责人百余人接受了专业培训。专家组对新冠肺炎病理的精准剖析、对中国经验和方案的生动诠释，让南苏丹和几内亚医护人员切身感受到东方智慧和中国无私无偿援助的真挚情谊。南苏丹卫生部部长伊丽莎白·阿切·约尔深情地说："每次南苏丹患难时，都是中国最先伸出援手，疾风知劲草，患难见真情。"几内亚卫生部部长拉马说："每当几内亚遭遇困境，中国朋友总会施以援手。虽然疫情让我们保持社交距离，但团结抗疫使我们彼此更加贴近。"

抗疫专家组组长梁朝朝、中国驻南苏丹大使华宁与南苏丹两位小朋友还拍摄了合照。梁朝朝和华宁微微弯着身子，站在两位苏丹小朋友的身后，手比成V字形，两个小朋友仰着黝黑的脸庞，对着镜头天真无邪地笑着，身后的乔木翠绿欲滴，阳光如同金子般撒落在地上。照片里张扬着生命的蓬勃，流动着岁月的静好，而事实上，南苏丹和几内亚的百姓与专家组每天都徘徊在生与死的边缘。

梁朝朝、华宁与苏丹小朋友合影

同气连枝　共盼春来

如果说，专家组为南苏丹和几内亚人民送去的是中国经验和中国方案，那么为在南苏丹和几内亚的中国同胞送去的则是安徽温度和祖国温暖。在这片广袤的非洲土地上，我们有数以万计的同胞在这里破土兴工、投资兴业，建高速、修广电，支援非洲经济社会发展；开饭店、办医院、设工厂，续写中非友谊新篇章。面对战火和疫情，他们以勤劳、勇敢、坚毅和坚守，展现新时代大写的“中国人”。专家组走进施工现场、住宿营地、厨房饭堂，走进侨胞开办的饭店、医院，详细了解他们在工作生活中应对疫情的困难，给予他们温馨关怀和耐心指导。在几内亚，当专家组得知一位重症同胞正在接受康复治疗，立即放弃休息时间，前往当地医院看望会诊，详细了解同胞病情，现场商讨治疗方案，鼓励同胞坚定信心、早日康复。临别时，患者及家属感动得热泪盈眶。专家组在完成既定对外任务后，专门为在几内亚的同胞加开专场咨询会，广大华侨华人纷纷在微信群、朋友圈转发、点赞，他们说："中国专家组来了，看到希望了"，"祖国强大，为祖国感到骄傲"，"感谢政府，感谢使馆，感谢专家组赴万里之路带来的关爱"。专家组的到来，让这些在海外奋斗的游子们深切感受到安徽的温度和祖国的温暖，让他们深深认识到，纵使身处天涯海角，祖国也依然是他们身后最坚强的后盾。

载誉归来

9月8日，专家组圆满完成在南苏丹、几内亚的援非抗疫任务，顺利抵达合肥。与专家组同机回国的还有南苏丹滞留公民、援南医疗队及在南苏丹企业轮换人员，安徽省外办全力配合做好返回人员在合肥入境的相关工作。安徽省外办主任雍成瀚赴合肥新桥机场迎接并讲话，省疫防办（省卫健委）、合肥海关、省边防检查总站、合肥市政府、安徽民航机场集团等单位负责同志参加欢迎仪式。

9月21日上午，专家组结束隔离，省外办主任雍成瀚率队看望慰问抗疫医疗专家组，并召开座谈交流会。雍成瀚表示，抗疫医疗专家组深入当地疫情防控一线、分享抗疫经验、指导防疫工作、传递抗疫信心，圆满高效地完成了抗疫任务，为深化中非团结抗疫作出了重要贡献；在外交部等国家部委的领导和支持下，外事、卫健、海关、民航等部门通力协作，克服重重困难，为专家组提供坚强后盾，用实际行动践行"人心齐泰山移"。未来，期待大家把所有感动与感恩的心情化为前行的动力，发扬抗疫时所展现的优秀精神，为建设现代化五大发展美好安徽作出新贡献。

专家组由安徽省医院和疾控中心的呼吸、感染、重症、公共卫生等领域8名专家组成，他们在南苏丹和几内亚开展了为期20天的抗疫医疗援助工作。在非期间，专家组不辞辛劳、不惧危险、连续奋战，飞越3万多千米，穿行8个时区，在非洲大陆驰行5000多千米，深入两国相关医院、实验室、市场等进行调研，实地走访18家医疗机构和单位，指导医院和防疫机构改善分诊流程、优化诊疗方案；开展线上联合线下疫情防控、救治培训20场，培训中资机构和单位69家，培训人数达1328余人；召开疫情防控交流座谈会议33场，

雍成瀚主任率队看望慰问抗疫医疗专家组

开展技术指导33次；服务华侨华人，进行现场及电话连线咨询40人次；接受知名媒体采访9次，公众新闻媒体报道50余次；分别向南苏丹和几内亚卫生部部长递交17页、23页均超出1万字的形势报告，无私分享中国抗疫经验和安徽救治特色，为南苏丹、几内亚及非洲尽早成功控制疫情提供科学方案。

此次援非行动，是安徽省外事办公室在疫情常态化下践行“抗疫外交”的一次成功实践，是对构建人类命运共同体理念的生动践行，彰显了地方外事面对大变局主动作为、危中求机、化危为机的担当。时任省委书记李锦斌和时任省长李国英在致专家组的慰问信中写道：专家组和医疗队全体同志不仅是医者仁心的白衣天使，更是促进世界和平的白衣大使，以实际行动有力兑现了中国全力支持非洲抗疫行动和建设中非命运共同体的坚定承诺，充分展示了讲信义、重情义、扬正义、守道义的中国形象，生动诠释了为世界谋大同、推动构建人类命运共同体的中国担当！

抗疫防疫

用情用心　精准服务

新年的鞭炮声还未远去，新冠病毒席卷荆楚大地。为全力抗击疫情，江淮儿女齐心协力，外事工作者同样勇于担当。

2020 年 1 月 24 日，安徽省启动了重大突发公共卫生事件一级响应后，安徽省外办立即公布 24 小时咨询电话，发布英、日、韩、俄、德、法、西、意、阿拉伯语等 9 个语种致在皖外籍人士的一封信，为远在异国他乡的安徽

省外办领导检查指导省外事旅游小区疫情防控工作

省外籍人员送出关心和问候，提供必要的帮助。

省外办提醒外国友人做好自我防护，保持良好的个人卫生习惯，咳嗽、打喷嚏时务必使用纸巾或肘部捂住口鼻，注意勤洗手。外出时佩戴医用防护口罩，废弃口罩规范投放。注意居所卫生，适当开窗通风。避免接触任何野生动物或禽类动物，减少生冷食物摄入，食用熟食，多喝热水。提醒他们减少外出活动，避免前往人员密集场所，暂停聚会聚餐等群体性活动。提醒他们不适及时就诊，若出现发热、咳嗽、胸闷、乏力等症状，第一时间佩戴医用防护口罩到安徽省各地定点医疗机构就诊。

省外办提醒外国友人如果近期赴访疫情高发地区，或接触过这些地区的来皖人员，第一时间向当地指定医院或外事部门报告，同时要密切注意身体状况，多居家休息，少外出活动。当政府、社区和医疗机构人员做疫情防控登记询问时，请他们予以理解支持并配合做好工作。省外办在信中也同时公布了24小时热线电话和新冠病毒感染定点医疗救治医院名单及联系方式，全方位做好外籍人士的服务工作。各市、县外事部门设立24小时外事服务热线，采取上门、电话、微信等方式，开展外籍人士随访及服务工作，积极宣传疫情防控政策、防护知识及外事服务信息，中英双语解答就医、防护、拟入境的相关程序、隔离措施等问题，保障外籍人士知情权。省外办秉承“隔离不隔爱”，慰问外籍人员，主动回应合理关切，尽最大努力为外籍人士提供帮助，受到了外籍人士的广泛称赞。

面对众多仍在境外的安徽省公民及拟来皖（回皖）学习、工作的中外籍人士，省外办提醒他们为了维护自身身体健康和生命安全，减少移动并尽可能留在当地；如确有入境来皖（回皖）意向，须提前向所在社区、自然村或工作学习的企业、单位、学校报告。提醒所有来皖（回皖）人员（包括境外直接进入或从国内其他城市中转进入）须主动配合海关、边检、机场、民航、高铁（火车）站、客运站等部门和机构，如实填报健康申报卡和个人信息，自觉接受有关检查检疫等防控措施并按照有关规定落实好集中隔离医学观察。

省外办的提醒及时传递了我国及我省最新疫情防控政策，也温暖着在皖外籍人士和在境外的我省公民及拟来皖（回皖）学习、工作的中外籍人士的心。

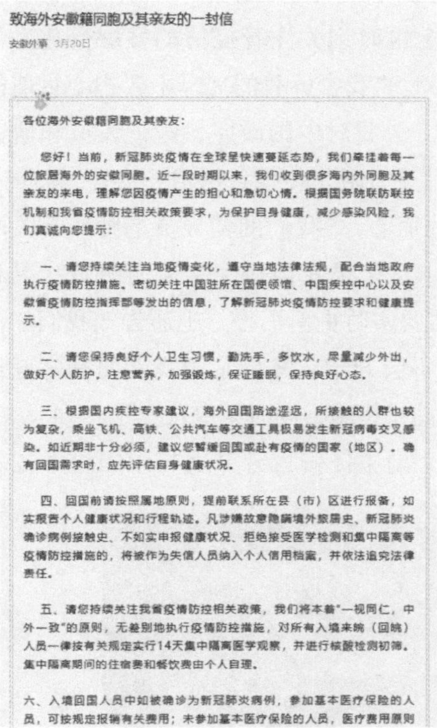

致海外安徽籍同胞及其亲友的一封信

安徽外事 3月20日

各位海外安徽籍同胞及其亲友：

您好！当前，新冠肺炎疫情在全球呈快速蔓延态势，我们牵挂着每一位旅居海外的安徽同胞。近一段时期以来，我们收到很多海内外同胞及其亲友的来电，理解您因疫情产生的担心和急切心情。根据国务院联防联控机制和我省疫情防控相关政策要求，为保护自身健康，减少感染风险，我们真诚向您提示：

一、请您持续关注当地疫情变化，遵守当地法律法规，配合当地政府执行疫情防控措施。密切关注中国驻所在国使领馆、中国疾控中心以及安徽省疫情防控指挥部等发出的信息，了解新冠肺炎疫情防控要求和健康提示。

二、请您保持良好个人卫生习惯，勤洗手，多饮水，尽量减少外出，做好个人防护。注意营养，加强锻炼，保证睡眠，保持良好心态。

三、根据国内疾控专家建议，海外回国路途遥远，所接触的人群也较为复杂，乘坐飞机、高铁、公共汽车等交通工具极易发生新冠病毒交叉感染。如近期非十分必须，建议您暂缓回国或赴有疫情的国家（地区）。确有回国需求时，应先评估自身健康状况。

四、回国前请按照属地原则，提前联系所在县（市）区进行报备，如实报告个人健康状况和行程轨迹。凡涉嫌故意隐瞒境外旅居史、新冠肺炎确诊病例接触史、不如实申报健康状况、拒绝接受医学检测和集中隔离等疫情防控措施的，将被作为失信人员纳入个人信用档案，并依法追究法律责任。

五、请您持续关注我省疫情防控相关政策，我们将本着"一视同仁，中外一致"的原则，无差别地执行疫情防控措施，对所有入境来皖（回皖）人员一律按有关规定实行14天集中隔离医学观察，并进行核酸检测初筛。集中隔离期间的住宿费和餐饮费由个人自理。

六、入境回国人员中如被确诊为新冠肺炎病例，参加基本医疗保险的人员，可按规定报销有关费用；未参加基本医疗保险的人员，医疗费用原则

安徽省外办致在皖外籍人士的一封信

安徽外事 1月31日

各位在安徽的外籍人士：

针对近期新型冠状病毒感染的肺炎疫情，安徽省已于1月24日启动了重大突发公共卫生事件一级响应，省委、省政府高度重视，统一部署，各项疫情防控工作有序展开。在此，我们向您提出如下建议：

做好自我防护

保持良好的个人卫生习惯，咳嗽、打喷嚏时务必使用纸巾或肘部捂住口鼻，注意勤洗手。外出时佩戴医用防护口罩，废弃口罩规范投放。注意居所卫生，适当开窗通风。避免接触任何野生动物或禽类动物，减少生冷食物摄入，食用熟食，多喝热水。

减少外出活动

尽量不要外出，避免前往人员密集场所，暂停聚会聚餐等群体性活动。

不适及时就诊

若出现发热、咳嗽、胸闷、乏力等症状，第一时间佩戴医用防护口罩到安徽省各地定点医疗机构就诊。

参加联防联控

如果近期曾赴访疫情高发地区，或接触过这些地区的来皖人员，请第一时间向当地指定医院或外事部门报告，同时要密切注意身体状况，多居家休息，少外出活动。当政府、社区和医疗机构人员做疫情防控登记询问时，请予以理解支持并配合做好工作。

及时关注权威信息发布

请关注安徽省卫健委"健康安徽"微信公众号，获取新型冠状病毒感染的肺炎疫情官方权威信息通报。

省外办发布《致海外安徽籍同胞及其亲友的一封信》
和《安徽省外办致在皖外籍人士的一封信》

青葱校园　温暖学子

寒假期间，安徽医科大学共有200多名国际学生留校。早在1月20日，学校就开始排查留校学生，建议学生非特殊原因不要离开学校，已经在外的学生迅速返回并监控体温变化。学校再次告知留学生关于校园封闭管理的通知，提醒学生出入校园的注意事项：不要到外校留学生宿舍串门，也不要邀请外校留学生到自己的宿舍串门，避免接触传染风险；告知回国留学生关于推迟开学的通知并向学生传达国家移民管理局最新的《疫情防控期间移民与出入境管理工作问题解答》；向在校的留学生和外教通告安徽省外办《关于开通在皖外籍人员新型冠状病毒肺炎疫情防控应急服务》的举措；密切关注留

学生状况，加强留学生心理疏导，落实好留学生的生活保障。

来自印度的安徽医科大学留学生平士也时刻关注着疫情的发展变化。受疫情影响，2020 年春节他基本上待在宿舍。“我告诉我的父母不要担心目前的情况，因为在校园里是安全的。”平士说，“我对中国政府、医护人员和研究人员很有信心，我相信中国真的在尽最大努力阻止传播、治愈疾病。”除了对家人的牵挂，平士也同时表现出了抗疫的信心，“我们的辅导员老师非常关心我们，她每天都要求我们在班级群里打卡，记录我们每个学生的健康状况和地理位置，哪怕是在中国境外的学生也需要实时更新汇报。她还告知我们如何采取预防措施，学校也通知 2 月 17 日前不会开学。父母希望我能回家好好休息。如果我必须回家的话，我会做好一切防护措施，同时至少自我隔离 14 天。”

2 月 10 日下午，省外办主任雍成瀚、副主任张力芳分别与中国科学技术

省外办通过视频与在皖外籍留学生连线交流

大学、合肥工业大学、安徽大学、安徽医科大学、安徽农业大学、合肥学院等6所高校近40名外籍留学生代表及高校负责人进行了视频对话交流。参加连线的所有留学生代表都进行了发言，交流了疫情期间在学校的生活情况，表达了相关诉求，对安徽省和高校在疫情防控期间对他们的关心和帮助表示感谢。

3月18日上午，省外办领导雍成瀚、秦俊峰、樊忠厚分别率队赴中国科学技术大学、合肥工业大学、安徽大学、安徽医科大学、安徽农业大学、合

省外办领导走访慰问在校外籍留学生

肥学院等高校走访慰问在校外籍留学生。在与留学生的交流中，他们了解到留学生目前在学校内实行封闭化管理，日常物资供应均有专人负责，但仍面临口罩等防疫物资短缺的问题。慰问结束后，省外办立即多方寻求资源，筹得1450只口罩捐赠给上述6所高校，向在皖外籍留学生发放。在收到口罩后，留学生们表示，虽身在异国他乡，却仍能感受到亲切的关怀并纷纷向省外办致感谢信。

省外办向高校留学生发放防疫物品

安徽农业大学全面落实中央和省委关于疫情防控工作的战略部署，严格执行教育部国际司、国家留学基金委等业务主管部门的各类要求和部署，在省教育厅、省外办的关心和支持下，“抓实做细”留学生疫情防控工作。国际教育学院迅速成立了留学生疫情防控工作组，与学校疫情防控领导小组以及校医院、保卫处等部门密切配合，全力开展联防联控工作。工作组多次组织学院全体留学生及工作人员召开微信电话专题工作会议，传达国家、省厅和学校的疫情防控精神以及相关工作指南，结合实际编制了《安徽农业大学国际教育学院疫情防控期间各类突发事件应急预案》《国际教育学院加强新冠疫情防控工作组工作办法明白纸》，第一时间指导和培训工作人员开展防疫工作，确保工作准确、有序开展。全体留学生班主任在国际教育学院的统一部署和要求下，迅速完成了所有国际学生信息的核查统计工作，并通过微信群、电话和邮件等形式每日跟踪掌握境内境外所有留学生的健康动态和个人动向；联系安置滞留外地学生；关注在合肥市校外住宿的留学生；帮助有回国意愿的学生办理相关手续；抚慰因为疫情而产生心理压力的学生。

安徽农业大学“抓实做细”留学生疫情防控工作

公寓管理方面，学校统一安排对留学生公寓进行每日定期消毒。国际教育学院工作人员每日进行公寓检查，同时安排住在公寓内的留学生助理每日进行 3 次巡查。与此同时，在国际教育学院老师和在校全体留学生的共同努力下，留学生公寓实行封闭化管理，统一制作了出入证并将在校 69 名留学生分成 17 组，每组每 2 天可领取 1 张出入证，选派 1 人集中采购生活必需品，师生共同努力进一步保证了在校留校学生的日常生活。

在疫情形势严峻、防疫物资紧缺的情况下，安徽农业大学多方筹集了口罩、消毒液、酒精、体温计等防护用品送至留学生公寓，分发给在校的每一名留学生。为了丰富留学生的寒假生活，国际教育学院利用学院微信公众号推送了新年视频《国际教育学院师生给大家拜年啦》，给全校师生送上祝福。疫情期间，为了引导留学生保持积极健康的心态，每日定时在学院微信号上推送《疫情下如何保持情绪稳定》《安徽省外办发布新冠病毒防护指南》《@全体安农青年，疫情防控，和农娃一起这样做》等内容，并要求各班班主任在班级群转发宣传，保障留学生的心理稳定。同时国际教育学院要求班主任在疫情期间，尤其要关注关心在入学心理测试中需要重点关注的学生。巴基斯坦学生沙米说：“我们在学校里生活得很好。学校采取了一系列的有效措施来阻止疫情入侵我们的校园，学校老师每天定时向我们询问身体健康状态及行程地点变化，最大限度地保障了我们的安全。”尼日利亚学生李可表示：“这是一场注定胜利的战役，我有信心这个疫情会很快消散。中国加油！”

金兰之交　携手同行

2020 年 5 月 17 日，习近平主席给北京科技大学全体巴基斯坦留学生回信，对各国优秀青年来华学习深造表示欢迎，鼓励他们多同中国青年交流，同世界各国青年一道，携手为促进民心相通、推动构建人类命运共同体贡献力量。安徽中医药大学第一时间把习近平总书记的回信翻译成英文，方便留学生阅读。回信在学校全体留学生中反响热烈，引起线上学习热潮。

留学生江宁说：“我要感谢习近平主席对外国学生，特别是巴基斯坦学生的关心。我们非常平等，在中国，我认为比其他任何地方都安全。我感觉学校就是我的第二个家。我们感谢中国政府为我们所做的一切。我也对学校表示感谢，他们为我们做了大量的工作，像家人一样和我们一直站在一起。”

留学生王浩男说：“特别感谢习近平主席给我们巴基斯坦留学生的回信，我感到很荣幸。前两天是中巴建交 69 周年的日子。中巴友谊万岁，坚如磐石！我要感谢我们的学校，感谢所有老师在这段时间对我们的照顾。我认为中国可以战胜一切。从 1 月份到现在，中国政府控制新冠肺炎疫情的方式和速度令全世界惊叹。自从来到中国，我学到了很多，我母亲之前会担心我在中国的生活，现在是我把我在中国学到的防疫知识教给我的家人，保护他们的安全。我将永远爱中国！”

留学生北志杰说：“非常感谢习近平主席，我也感到很荣幸。中国对我们留学生很友好。中国发展很快，是个很强大的国家，我在中国学习专业知识，也像习主席说的一样交了很多好朋友，他们在疫情期间关心我，我很感动。我非常庆幸自己能够来到中国学习深造，我亲身感受到了在疫情防控中中国政府和人民所作的一切，我要像习主席说的一样以后与中国人民携手推动共建人类命运共同体。”

留学生比萨姆说：“特别感谢习近平主席的关照，中巴友谊万岁！我要感谢我们的大学，感谢所有老师在这段时间对我们的照顾。现在，中国学生有些都返校了，学校采取了严格的措施来确保学生的安全。我们留学生也会积极遵守中国政府和学校的规定，这不仅是为了大家，也是为了我们自己。”

同样，在安徽投资置业的外籍企业家也有着深刻的感受。宣城友谊纺织有限公司董事长、阿富汗客商穆罕默德·艾沙迈尔先生表示，虽然身在中国之外，但一直密切关注中国政府及宣城的新冠肺炎疫情防控工作，坚信抗疫阻击战一定能够取得胜利。

2020 年 3 月 5 日，在国新办召开的新闻发布会上，外交部副部长马朝旭在发言中谈及外国在华公民对中国政府和人民的关心给予高度赞赏，特别提到安徽大学苏丹籍留学生大山的心声：“疫情发生后，我和其他留学生一样，不但没有恐慌，反而感到更加温暖”，凸显了安徽大学在疫情防控期间留学生管理与服务工作的成效。

马朝旭副部长的点赞正是在皖留学生与我们“携手相助抗击疫情”的真

实写照。疫情期间，包括安徽大学在内的安徽省各大高校留学生们积极配合学校各项防控工作要求，纷纷通过实际行动为中国抗“疫”阻击战贡献出自己的青春力量。

来自乳香之国——苏丹的留学生大山是安徽大学2018级工商管理专业硕士研究生，此前曾作为孔子学院奖学金获得者在校进修汉语1年。疫情发生伊始，他带头参加了在校留学生志愿者服务队并担任负责人，协助老师们为留校同学采购、搬运和分发生活用品及防疫物资，保障了寒假留校学生的日常生活需求。为表达对母校的感激之情，抗疫初期，大山组织40多名留学生自发捐资从海外购买防护口罩500只，支持学校防控疫情，共克时艰，这充分彰显了中国人民与阿拉伯人民之间深厚的友谊与情义。

在安徽省外办慰问留学生活动后，大山代表安徽大学留学生发去了一封情真意切的感谢信。字里行间流露出他的感激之情和对中国抗“疫”行动的支持与赞赏，并表示此次疫情更加坚定了他努力学习的信念，争取在将来报答中国并建设自己的国家。

6月15日，安徽大学国际教育学院就《抗击新冠肺炎疫情的中国行动》白皮书进行学习，座谈会上，留学生大山谈道：

2020年是极富有挑战性的一年。新年之际，突袭而至的疫情打乱了所有人的计划，一时间，所有人都戴起了口罩，留学生也被告知待在宿舍里不要出门。疫情阻断的不仅是生活必需品，更减少了人与外界之间的联系。受疫情影响，有不少朋友都逐渐失去信心和耐心，变得浮躁起来。

在这时，安徽省外办的领导、学校的领导和老师们走入了我们的宿舍，虽然大家都戴着口罩，可仍让我们感觉到很亲切。他们就像家人一样，询问我们的困难和需求，鼓励和安慰大家，同时还多次送来了口罩和蔬菜等物资，解决了我们的燃眉之急，让我们体会到了“雪中送炭”的意义。领导和老师们的鼓励与帮助让同学们吃了一颗定心丸，重新鼓起了战胜困难的信心，能够像往常一样安心地学习和生活。由此，我和同学们深深地感受到中国是一个富强并且充满人情味的国家，作为一个在中国留学的学生是多么的幸运和幸福，这更加坚定了我们努力学习的信念，争取在将来报答中国并建设自己的国家。

我的母亲多次给我打电话询问我在中国的情况，担心我的生活。我告诉

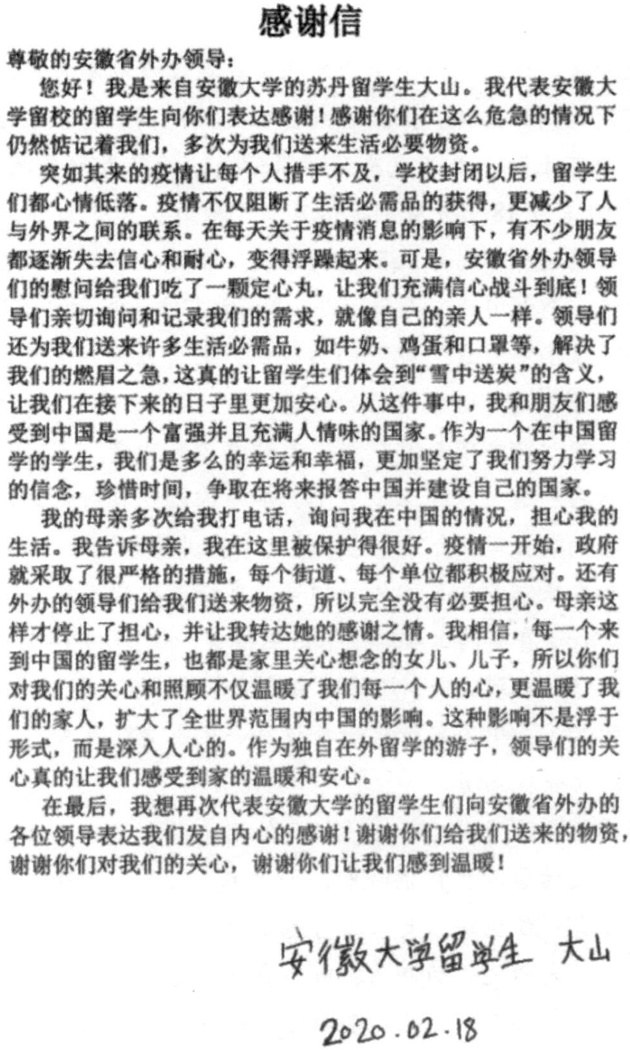

感谢信

尊敬的安徽省外办领导：

您好！我是来自安徽大学的苏丹留学生大山。我代表安徽大学留校的留学生向你们表达感谢！感谢你们在这么危急的情况下仍然惦记着我们，多次为我们送来生活必要物资。

突如其来的疫情让每个人措手不及，学校封闭以后，留学生们都心情低落。疫情不仅阻断了生活必需品的获得，更减少了人与外界之间的联系。在每天关于疫情消息的影响下，有不少朋友都逐渐失去信心和耐心，变得浮躁起来。可是，安徽省外办领导们的慰问给我们吃了一颗定心丸，让我们充满信心战斗到底！领导们亲切询问和记录我们的需求，就像自己的亲人一样。领导们还为我们送来许多生活必需品，如牛奶、鸡蛋和口罩等，解决了我们的燃眉之急，这真的让留学生们体会到“雪中送炭”的含义，让我们在接下来的日子里更加安心。从这件事中，我和朋友们感受到中国是一个富强并且充满人情味的国家。作为一个在中国留学的学生，我们是多么的幸运和幸福，更加坚定了我们努力学习的信念，珍惜时间，争取在将来报答中国并建设自己的国家。

我的母亲多次给我打电话，询问我在中国的情况，担心我的生活。我告诉母亲，我在这里被保护得很好。疫情一开始，政府就采取了很严格的措施，每个街道、每个单位都积极应对。还有外办的领导们给我们送来物资，所以完全没有必要担心。母亲这样才停止了担心，并让我转达她的感谢之情。我相信，每一个来到中国的留学生，也都是家里关心想念的女儿、儿子，所以你们对我们的关心和照顾不仅温暖了我们每一个人的心，更温暖了我们的家人，扩大了全世界范围内中国的影响。这种影响不是浮于形式，而是深入人心的。作为独自在外留学的游子，领导们的关心真的让我们感受到家的温暖和安心。

在最后，我想再次代表安徽大学的留学生们向安徽省外办的各位领导表达我们发自内心的感谢！谢谢你们给我们送来的物资，谢谢你们对我们的关心，谢谢你们让我们感到温暖！

安徽大学留学生 大山

2020.02.18

安徽大学留学生的感谢信

母亲，我在这里被保护得很好，疫情一开始就采取了很严格的措施，每个街道、每个单位都积极应对。生活必需品和物资都有保障，完全没有必要担心。母亲这样才停止了担心并让我转达她的感谢之情。我相信，每一个来到中国的留学生，也都是家里关心想念的女儿、儿子，学校对我们的关心和照顾不仅温暖了我们每一个人的心，更温暖了我们的家人，这种影响不是浮于表面，而是深入人心的。作为独自在外留学的游子，你们的关心真的让我们感受到家的温暖和安心。

正是这次疫情，让我见证了中国的强大。在疫情刚刚被发现时，中国就采取了非常有效的预防措施，阻止了疫情在更大范围的扩散。这是世界上任何一个国家都比不上的。更让我感到佩服的是，为了做好接收患者的准备，中国仅仅用了10天和18天就分别建造了“火神山”和“雷神山”2所医院。许多建筑工人自愿放弃了与家人团聚的时间，在建设工地上日夜奋战，这一速度真正体现了一个大国的能力和担当。“一方有难，八方支援”，84岁的钟南山院士仍然站在了中国战“疫”的第一线；来自五湖四海的白衣天使们自愿请战，不顾辛劳；更有坚守岗位的警察、营业员、环卫工、快递员，他们虽然行业不同，但都在疫情面前默默地奉献自己的力量。还有从个体户到企业，从爱心组织到普通个人，上上下下、国内国外以各种形式献爱心，为武汉提供支持。这使我真正领会了众志成城、同舟共济这两个成语的深刻内涵，我看见了爱心和奉献，看见了责任和担当，见证了中国人民在灾难面前的强大的中国力量！我还在新闻上看到一个医生推着一位87岁躺在病床上的老人看夕阳，这不仅让我感到温暖，还让我由衷地尊重中国。从出生仅30天的婴儿到八九十岁的老人，中国不计代价抢救每一位患者的生命。这个富有人情味的国家，再一次让我感动。

在学校因为疫情封闭以后，我带领几位同学成立了志愿者小组，每天尽自己的所能为在校的留学生提供帮助，如运水、买菜、拿快递等，虽然有些辛苦，但我们没有一丝抱怨，大家都为能帮助别人感到非常开心。而这种相互帮助，也加深了我们之间的联系，成为我们独特的记忆。有一个朋友，他的母亲在这段时间里去世了，他特别难过。我陪他聊了很久，他告诉我他的母亲在他小时候是怎么疼爱他、照顾他的。这也让我想起了我的母亲，她一定也在遥远的故乡思念着我。中国，也像一位伟大的母亲一样，关心照顾着她的每一个孩子。除此之外，在校的留学生们还自发组织捐款，为校医院购买医疗物资，用我们的一点微薄之力回报把我们保护得很好的中国。

目前，中国在防疫工作上取得了巨大的成就。在不放松疫情防控的情况下，推动复工复产，社会秩序逐渐恢复，大到为企业补贴减税，小到最近的“地摊热”，中国这头雄狮逐渐苏醒起来。最后，中国在有序推动自身恢复的同时，还积极向国际社会分享抗疫经验，为国际社会提供支持和援助。特别是非洲地区，中国长期为非洲地区提供了非常多的帮助，也包括我的国家，因此，我也借着这个机会向中国表达感谢！

在中国的这段特殊的经历，给我留下了深刻的印象，我相信在未来的日子里，中国精神一定会持续影响我的生活和工作，让我学会在困难的时候不放弃，在遭到怀疑时踏实努力，在逆风时也不放弃希望，也让我更加懂得了“四海皆兄弟”这个成语的内涵。我相信，遭遇过大风大浪仍可以自信地挺起胸脯向前的中国，一定能在未来的道路上更加顺利！

初心如炬　使命如磐

2020年10月12日，在全国海关系统抗击新冠肺炎疫情表彰大会上，合肥新桥机场海关荣获“全国海关系统抗击新冠肺炎疫情先进集体”称号。

疫情就是命令，守护国门就是使命。在海关总署党委的坚强领导下，在合肥海关党委的统一部署下，合肥新桥机场海关全体干部职工闻令而动、遵令而行，上下一心、连续奋战，筑起了一道阻击疫情最坚强的钢铁长城。

闻令而动的“急先锋”

疫情就是集结号。面对突袭而至的新年“大考”，合肥海关党委第一时间对防疫工作进行了部署。合肥新桥机场海关上下闻令而动、遵令而行，深入学习贯彻习近平总书记关于疫情防控的系列重要讲话精神，从增强“四个意识”、坚定“四个自信”、做到“两个维护”的政治高度，把疫情防控作为最重要的工作、第一位的任务来抓。

“我是机场海关关长、党委书记，也是海关战线抗击新冠肺炎疫情的一名普通战士。”合肥新桥机场海关关长刘川荣获“全国抗击新冠肺炎疫情先进个人”殊荣，作为班子的领头雁，春节期间她在旅检现场连续工作了数十天，每天超负荷工作超12个小时，有时甚至超过16个小时。

在她的带领下，从海关领导到一线普通职工，全员快速响应。大家放弃休假、坚守岗位，按照突发公共卫生事件的要求，第一时间清查补充口岸防疫物资，制订疫情防控技术方案，调整口岸应急处置场所设置，开展岗位技能全培训，科学配置检疫人员力量，优化联防联控机制……各项措施开展有序、组织周密，筑起了口岸防控新冠肺炎疫情传入传出的铜墙铁壁。

冲锋在前的“主力军”

“这场战斗，关系人民群众的生命健康安全，在人民最需要我们的时候，我们必须要勇敢站出来，践行当初的入党誓言。”这是合肥新桥机场海关全体党员干部的共同心声。

疫情来袭，出入境一线口岸是距离病毒最近的“阵地”。合肥新桥机场海关党员干部恪尽职守、冲锋陷阵，在打赢防疫保卫战中发挥了生力军和突击队作用。旅检岗位关员作为战“疫”核心力量，对所有出入境人员严格实施“三查三排一转运”的检疫措施，严格按照要求进行采样，把好出境、入境两道关，有力推动了合肥航空口岸疫情防控工作的开展，圆满完成了多架留学生包机和复工复产包机保障任务。

合肥新桥机场海关关员开展入境货机登临检疫

一个党员就是一面旗帜。航空器登临是疫情防控风险最大的一个环节，党员干部们主动请缨、直面危险；进行医学排查的关员身穿防护服，为节省应急防护物资和时间，从早上 9 点一直作业至下午三四点不进水米、不上厕所；在航班抵达的前夜，关员还用手机打着微弱的光，反复模拟通关场景，检查防护和应急措施到位情况……

合肥新桥机场海关关员对入境旅客开展流行病学排查

召之能战，战之能胜。合肥新桥机场海关党员干部迎难而上、冲锋在前，舍小家、顾大家，在国门一线站得住、站得牢，让鲜艳的党旗始终高高飘扬

合肥新桥机场海关关员对进出口防疫物资进行现场监管

在基层战斗堡垒。疫情防控以来，该关共监管出入境飞机 1078 架次，监管出入境人员 43699 人次；检出境外输入无症状感染者 4 例。

合肥新桥机场海关关员为保税区企业服务

疫情初期，全国新冠肺炎确诊病例持续增长，物资告急。合肥新桥机场海关设立了快速通关专用“绿色通道”，选派业务骨干 24 小时值守，对符合条件的捐赠物资登记放行。监管查验人员以“人等货”的方式前置服务，确保快速通关，一批批防疫物资通过合肥空港通道源源不断地进出。

随着疫情形势的变化，合肥新桥机场海关在持续抓好疫情防控的同时，积极助力复工复产。主动对接，为企业“量体裁衣”定制个性化服务，落实合肥海关各项帮扶措施；靠前服务，建立加班常态化机制，全力保证进出口货物快速通关；针对企业急需的高价值精密设备，采取提前申报、机坪接货等方式压缩货物通关时间。同时，积极落实国家关于“进一步提升国际航空货运能力”的政策，全力支持全货机航线、“客转货”航线运营。疫情期间，经合肥新桥机场海关监管的出入境货运航班班次同比翻了一倍。

合肥空港保税物流中心（B 型）是合肥市着力打造的“八大开放平台”之一，合肥新桥机场海关主动对接企业，将“互联网+海关”网上申报、汇总征税、分送集报等一系列企业得实惠、享时效的政策落地生根，推动区域业务大幅度增长。

沉甸甸的荣誉，是褒奖肯定，更是激励鼓劲。合肥新桥机场海关将大力弘扬伟大抗疫精神，扎实做好常态化疫情防控下各项工作，努力为疫情防控和经济社会发展“双胜利”贡献最大力量。

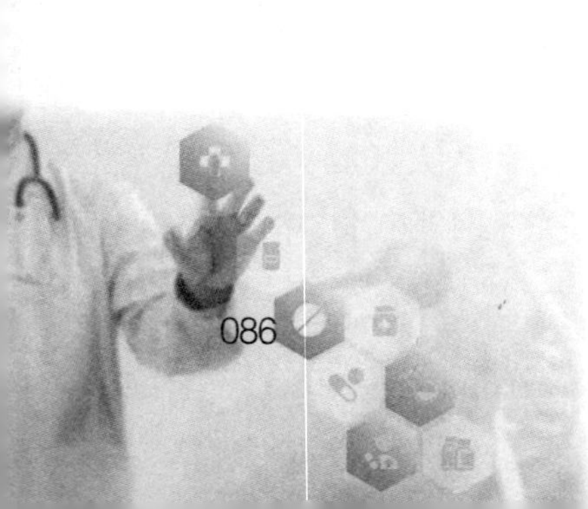

挺身而出　彰显担当

庚子年伊始，新冠肺炎疫情突袭而至。疫情就是命令，时间就是生命。安徽省国资委党委和各省属企业党委闻令而动，一级响应，迎战疫情，全面部署疫情防控各项措施，全力以赴做好疫情防控各项工作。

采购物资彰显“国企担当”之责

1 月 31 日，海螺集团海外采购的首批物资——2.9 万只 N95 口罩、3 万只普通医用口罩运抵合肥机场。后来，海螺集团从印尼、菲律宾、老挝等东南亚国家采购 N95 口罩 6.025 万只、普通医用口罩 45.6 万只、医用防护服 100 套，从日本采购高于医用标准的生化防护服 5000 套。

中煤矿建集团从土耳其紧急采购 2 万只口罩和 5000 套医用防护服。后来，中煤矿建集团在法国、意大利和西班牙订购医用口罩 4 万只并将这批防疫物资全部捐赠，用于疫情防控。此外，省属企业驻外机构工作人员纷纷自费采购防疫物资，通过多种途径运往国内，支持疫情防控。

安徽民航机场集团对援助武汉的防疫救援物资提供绿色通道优先保障。1 月 29 日 10：55，春秋航空执飞的曼谷航班满载防疫医疗物资降落在合肥新桥机场。这批运自泰国的 17 万只医用口罩，从合肥新桥机场入境后通过地面物流驰援武汉。在得知援助物资信息后，安徽民航机场集团客货公司部署专门人员、车辆设备，在航班落地后第一时间开始卸机操作，仅用 30 分钟就完成卸机及机坪转运至国际库区工作；国际货运部周密接力，提前完成海关电子信息传输、安排专人理货、配合海关查验放行，从航班落地到海关查验结束全程仅用 90 分钟。

战“疫”里的省企担当

疫情发生以来，江淮汽车用实际行动提供战“疫”保障，持续助力玻利维亚渡难关。3 月 29 日，江淮汽车首批 15 台星锐救护车正式交付玻利维亚圣克鲁斯的医疗系统，助力当地医疗体系建设。作为玻利维亚境内疫情最严重的地区，此次首批星锐救护车的正式交付，为玻利维亚的抗疫工作打下一剂强心针。

与时间赛跑刻不容缓，江淮汽车复工后第一时间便安排了救护车生产订单，竭尽所能将高质量、高标准的产品送至抗疫一线。随着这批疫区急需的防疫救护设备到位，当地的抗疫压力得到有效缓解。

2020 年 4 月开始，江淮汽车玻利维亚经销商便主动捐赠了 2 台 X5 和 2 台 T8 皮卡给玻利维亚政府用于日常抗疫物资和人员输送，此举一定程度上缓解了玻利维亚政府的交通运输压力。

5 月开始，江淮汽车玻利维亚经销商在 Facebook 账号上号召致敬江淮汽车卡车英雄，鼓励和感谢全体玻利维亚江淮汽车卡车司机在疫情期间为国家民生物资、医疗物资、生活物资的输送作出的贡献。

相知无远近，万里尚为邻。在玻利维亚，作为商用车细分市场领军品牌，江淮汽车一直积极携手经销商支持玻利维亚抗疫，履行品牌社会责任。

江淮汽车将继续用高质量、高标准的产品，深耕“一带一路”，以“共建人类命运共同体”的理念，诠释“中国制造”，携手全球合作伙伴共同抗疫，共同促进世界和平稳定发展。

冲锋在前　守土尽责

新冠肺炎疫情突袭而至，安徽出入境边检总站党委坚决贯彻落实党中央、公安部党委、国家移民管理局党组和省委、省政府部署要求，切实把打赢疫情防控攻坚战作为压倒一切的政治任务，第一时间出台防疫“硬核”措施，第一时间出台暖警惠警举措，第一时间启动战时表彰奖励，为有效激发全体党员干部、民警职工践行初心使命、勇于担当尽责，全力打赢疫情防控阻击战贡献安徽边检力量。

安徽出入境边检总站党委第一时间布置疫情防控工作

党旗飘扬，筑牢坚强战斗堡垒

“疫情就是命令，总站各级要迅速统一思想，坚持把出入境旅客生命安全和身体健康放在第一位，充分发挥基层党组织战斗堡垒和党员先锋模范作用，深化‘三组合一’实体化运作，推动一切工作到支部、落实到小组，确保国门口岸和队伍绝对安全稳定，坚决打赢疫情防控阻击战。”安徽出入境边检总站党委书记、政治委员张海峰同志多次在全省疫情防控工作视频会议上进行强调部署。“疫情不退，我们不退!”全省 7 个边检站党委向总站党委立下了军令状。

疫情发生后，安徽边检总站党委第一时间成立由总站党委书记挂帅、党委成员分工负责的疫情防控工作领导小组，先后 14 次召开专题会议研究部署疫情防控工作，总站党委班子成员先后 6 次深入基层一线了解实际情况，制订完善了《关于新型冠状病毒感染肺炎疫情防控工作方案》，做到了每日“五个坚持”：坚持召开疫情防控例会，坚持调度基层防疫工作，坚持通报省市防疫情况，坚持卫生防疫消毒，坚持宣传防“疫”好人好事。

边检民警执行监护任务

各边检站均启动战时工作机制，组建工作专班24小时实体运转，各级领导干部第一时间停止休假、回到战位、靠前指挥、身先士卒，最大限度确保安徽口岸国门安全和队伍稳定。

全员上岗，守护国门口岸平安

总站党委多次赴口岸执勤现场开展疫情防控专项督导检查，实地查看一线民警勤务组织流程，积极指导与海关防疫等单位建立疫情信息通报、联勤协作机制，细化疫情应急处置预案，确保疫情期间口岸通关“零延时”“零差错”“零疏漏”。

广大民警、职工辅警纷纷请战，一封封按满红手印的请战书递交到党组织，上一线、打头阵，成为广大民警的自觉行动。

合肥出入境边检站成立防疫工作“党员突击队”，提交“抗疫请战书”，专门承担发热病人和湖北籍旅客验放任务，民警周鹏先后5次主动请缨到机场海关接取、归还武汉籍和14日内经武汉出境的旅客证件，承担武汉籍旅客面对面人证对照、询问核查任务。

边防民警协助防疫工作

芜湖出入境边检站第一时间出台“七个一律”举措，切实强化新冠肺炎疫情防控工作。

安庆出入境边检站派出青年突击队协助团市委、社区居委相关人员一同开展入户排查、上门消毒、登记摸排、疫情形势和预防知识宣传等工作。

铜陵出入境边检站拿出专项资金，大力支援驻地帮扶对象——老桥村疫情防控工作，分 2 次支援口罩、手套、消毒酒精等防疫物资。

黄山出入境边检站民警李从鹏主动放弃休假，与在海关工作的妻子共同坚守在防疫一线，妥善处置了 3 名体温异常的出入境人员，彰显了共产党员的担当。

李从鹏夫妻二人在黄山屯溪机场并肩战斗

疫情发生以来，全体民警职工在岗在位，先后筛查出入境人员 17248 人次，筛查出有武汉行程轨迹的旅客 99 人；配合海关检查高烧体温旅客 21 人；配合机场公安局妥善处置 1 起旅客与其他单位人员冲突事件，果断处置前期 2 名从口岸出入境人员被确诊的突发事件，及时对接触的 4 名检查员采取隔离和心理干预措施，最终 100% 排除险情；逐个劝阻 593 名出境的内地居民，成功令 12 人放弃原有行程；开通绿色通道，出色完成 6 架次海外募捐医用物资航班入境专项勤务，确保相关急需物资车辆运输安全畅通；圆满完成疫情期间安徽口岸首艘次中国籍“良谷”轮出入境边防检查监护任务，坚决维护国门口岸安全稳定。

关爱激励，持续激发战斗热情

“维护好国门安全，更要防护好自身安全。”一线民警的自身防护始终牵挂着总站党委的心，总站各级第一时间对全省民警职工春节前后行动轨迹、接触人员、健康状况等进行详细的摸底排查，先后共收集汇总各类信息 359 条，持续密切观察人员健康状况 3880 人次，及时筹措并配发防疫物资，确保民警执勤安全和生活安全。

加强对进出人员管理

“倩倩，今天是你去隔离病区的第 9 天了，我的手机一直不敢静音，生怕错过你第一时间报平安的消息。”黄山出入境边检站民警蔡恒斌原计划与未婚妻——黄山市人民医院医生汪倩于 2 月初领证结婚。疫情突袭而至，双方第一时间取消休假，返回单位，女方主动申请加入医院第一批新冠肺炎救治岗位，安徽出入境边检总站政治处第一时间将双方的感人事迹制作成抖音短视频，引发总站上下和驻地群众广泛点赞。

疫情期间，总站还充分运用新媒体平台，先后推出国门战“疫”系列报道7期，全面聚焦一线抗击疫情的先进典型、先进事迹和幕后故事，多角度展现了一线边检民警的“逆行”身影，有力展现了“一线民警坚守岗位，共同抗疫”的工作成效，凝聚起众志成城、抗击疫情的强大正能量。

2月13日，安徽出入境边检总站下发《关于对拟表彰奖励对象进行公示的通知》，公示期3天。总站迅速启动战时表彰奖励工作机制，坚持特事特办、及时高效，综合运用记功嘉奖、通报表扬等形式，大力褒奖在疫情防控工作中冲锋在前、敢于担当、表现突出的集体和个人。抗击疫情以来，总站下发表扬通报1份，表扬集体9个、个人16名，给1名同志记个人三等功、5名同志嘉奖，激发了全警高昂斗志和抗“疫”热情。

国门战“疫”系列报道

前方后方　使命担当

感谢有我　保驾护航

疫情重塑了我们的生活，同时又让我们和他们彼此心手相连，中国科学技术大学、合肥工业大学、安徽医科大学、安徽农业大学、合肥学院等高校外籍留学生分别给省外办发来感谢信，感谢外办对他们的关心关怀及赠送给他们口罩等防护和生活物品，他们表示愿意与中国一起积极参与新冠肺炎疫情防控阻击战并对最终战胜疫情充满信心。

正在合肥工业大学留学的日本学生松根爱这样写道：

我是一名来自日本的留学生，去年9月来到合肥工业大学攻读硕士学位。

今年1月，我从新闻里获悉武汉出现了不明原因的肺炎。但那时候，我还没有什么危机感，和平常一样每天前往实验室学习。之后，我知道了肺炎是感染新型冠状病毒导致的。然而，我还是没想到，疫情会愈演愈烈，人类和疫情之间的这场战斗一直到现在还没有结束。

春节前夕，武汉因疫情“封城”，病毒在中国多地开始蔓延，学校也受疫情影响封闭管理。我的家人和朋友非常担心我的安全，要求我迅速回国，但因为外公外婆也与我父母住在一起，他们年事已高，听说老年人如果得了新冠肺炎，致死率非常高，我担心万一在归乡途中感染了病毒，会将家人置于危险之中，所以当时我不太想回国，觉得留在中国可能更稳妥些。但是对于家人来说，最难过的事情是一旦我生病他们无法陪在我的身边，所以我最终还是拗不过他们，在苦恼了一晚上后，决定回国。当时合肥的疫情还不是很严重，我选择了尽快回国，只带了随身行李，为安全起见我在行李外又套了

省外办雍成瀚主任赴合肥工业大学慰问在皖外籍留学生

塑料袋并戴好口罩，尽量与其他人保持安全距离。回国之后，我在家隔离了14天，每天醒来都担心自己出现感染症状。当然，这种担心随着隔离时间的推移也逐渐消逝了。现在，疫情在世界范围内蔓延，中国相对安全了，可能有些人会觉得当时我选择回国是错误的，但这种事谁又能预见到呢？

在这次疫情中，我也体会到了中国的优势。

一方面，在疫情发生时，中国政府和中国人民彰显了中国效率，大量医疗工作者和医疗资源被迅速派往抗击疫情的一线。政府调动社会资源火速建成了火神山医院、雷神山医院和方舱医院以专门收治新冠肺炎患者。另一方面，中国高校对留学生的防疫工作也做得及时到位。1月下旬，我所在的合肥工业大学国际教育学院已经提供了如何预防新冠肺炎及最新疫情报告的多语种信息。还有学校老师值守的24小时热线，有任何不明白的事情都可以咨询他们。另外，学校在疫情期间对滞留在校内的留学生也提供了各种服务和便利。中国有个成语叫“见微知著”，从学校对疫情的应急处理中便可看出中国在防控疫情方面的优势。特别值得一提的是，疫情在日本暴发后，口罩等医疗防护物资库存不足，中国政府向日本捐赠了大量医疗物资。对此，我非常感激。

现在，日本的新冠肺炎确诊病例不断增加，截至4月19日12时，已经确诊10219例。3月29日，日本著名喜剧演员志村健也因患新冠肺炎去世，令整个日本社会震惊，他对于日本人来说就像是身边的亲人一样。这一噩耗让日本进一步意识到新冠肺炎的威胁。4月16日，日本政府宣布，在5月6日以前，日本全境进入紧急状态，居民取消不必要的外出，避免与他人密切接触。我们能做的事情，只有在家保护好自己和家人，为防止疫情进一步蔓延做力所能及的贡献。汲取中国成功抗疫的经验，我相信日本也能尽快控制住疫情。

关于居家学习，我给自己制订了学习计划，每天都在认真执行。复习在网课上学到的知识，阅读与专业相关的论文，加深对研究方向的思考和知识储备，为开学后进行相关方向的科研做准备。同时，利用这段特殊时期，我也在继续提升汉语能力，准备汉语水平考试。尽管受疫情影响，世界范围内经济低迷，就业难度加大，但我仍然相信努力就能跨越一切障碍，努力自然会有光明的未来。

最后，我听说受疫情影响，一些亚洲人在海外遭到了侮辱和歧视，对此我感到十分悲伤。其实，任何国家都有可能出现未知的病毒。疫情已经发生，我们要做的是保持社交距离，保护好自己，团结一致共同应对，而不是凌辱和谩骂他人。我们都是住在地球上的人，无论是什么种族、宗教、国籍，面对共同的威胁，应该及时交换正确有用的信息，相互帮扶提携。

相信疫情很快就会过去，大家一定要做好防护。

我对所有正在积极抗击疫情或者为抗疫作出过贡献的人们表示衷心的感谢。

我怀念与实验室的同学每天一起做科研的时光。黑暗总会过去，黎明并不遥远。

世界加油！

无微照料　如沐春风

学子回国后的首件要务就是接受隔离。在暑假，省外办就接转了 4 批次近千名回国的留学生。虽然他们来自不同地方，但因为疫情紧紧团结在一起，更因为疫情他们在 14 天与隔离点医护人员的朝夕相处中，强烈地感受到祖国给予的安全感和来自医务工作者们春风般的温暖和无微不至的关怀。“感谢祖国给予的安全感，感谢隔离点工作人员的付出”是他们共同的心声。

在美留学的皖籍留学生李琼在回国后感慨万千：“感谢所有在酒店的工作人员、医护人员和祖国！我于 7 月 4 日从纽约飞合肥，回到酒店进行 14 日隔离。留学生最担心的还是自己的身体状况，稍微有些不适就会很紧张。幸运的是，隔离酒店的医护人员给予我们亲人般的照顾。隔离酒店的工作人员不仅为我们提供了专业的医疗服务，还身兼心理辅导师的角色，疏导我们的心理压力，并给予指导性建议。他们每天穿着厚重的防护服，穿梭在各个隔离房间，给我们量体温、送餐、运送垃圾，非常辛苦。隔离观察期间，有他们陪伴我、悉心照顾我，在这里，我有了家的感觉！”

“饮食方面，饭菜达到餐厅的水平，营养均衡，每天有不同口味。送餐的阿姨们每次都会很有礼貌地敲门或者按门铃提醒。”

“酒店开着空调，医护人员跟我们住在同一个酒店环境，而且他们还穿上防护服，会感觉更热，我们更应该体谅他们，并秉持尊敬的态度。有几次由于夏季闷热，我的体温稍微升高点儿时，医护人员们及时暖心地提醒我多喝水多休息。”

“说不尽的感谢，道不尽的惜别，向家乡的白衣天使们致敬！向祖国致敬！”

当英国留学的王成在踏入合肥隔离点的一瞬间，她看到所在的酒店干净整洁，生活用品齐全时，紧张、疲惫的心一下就踏实了许多。7 月 30 日，王成结束了为期 14 天的集中隔离，不过对于酒店的一日三餐她依然印象深刻。

“我真的要特别点赞我们隔离点的伙食，因为我们每餐都是四菜一汤，每餐都会附赠一个水果或者一瓶酸奶，非常注重营养搭配，而且准时准点，早上8：30，中午12：30，晚上6：30，送三次。”隔离期间，王成保持着一贯的开朗和乐观，积极配合工作人员的各项日常检测工作，也把自己的生活安排得十分充实。她在日记里这样写道：“隔离生活特别丰富多彩，管理员给我们安排了‘学习强国’答题竞赛。我想正好利用隔离时间充充电，我们还在网上建立了学习小组。其他时间，也会运动运动。”

王成特别感谢给她带来安全感的祖国，也感谢始终坚守在疫情防控一线的工作人员。“我们刚到那天，因为将近20个小时没吃没喝，感到又饿又累。工作人员带我去我的房间的时候，一路上非要帮我提行李，后来跟我聊天我才知道，他其实也刚上完夜班，那天他也很累，但他依然帮助大家提行李。他过会还给我送来了方便面，真心感谢他的服务！”

“疫”战到底

我的名字叫“安徽省外办驻沪防控工作组”

我是谁？我曾接待过外国政要高官，也当过县官和村官；我曾参加过G20杭州峰会和“一带一路”国际合作高峰论坛会务保障，也曾为保家卫国扛过枪；我曾在清华求学，也曾去过海外留学；我做过英语高级翻译，自带“帅哥”“靓妹”光环。我是胡健，我是胡建峰，我是张霖，我是曹维盟，我是胡敏，我是李慧敏。

安徽省外办驻沪防控工作组入驻虹桥机场

而现在，我的名字叫“安徽省外办驻沪防控工作组”，诞生于2020年3月18日下午4时。别人都是经过了十月怀胎才一朝分娩，而我从孕育到诞生只有4个小时，我天生就和别人不一样，因为我的使命是到上海接转入境赴皖人员，守好防境外疫情输入的第一关！所以我“生的伟大、使命光荣”，我从一出生就集万千宠爱于一身，当天省外办领导就给我送来了“出生礼”，要求全办全力做好后勤保障，并指派专人订购火车票和安排送站车辆、购买纸尿裤。关心我出生的同事们，有的送来预防新冠肺炎的喷雾剂，有的送来常备药，还有的送来了口罩……

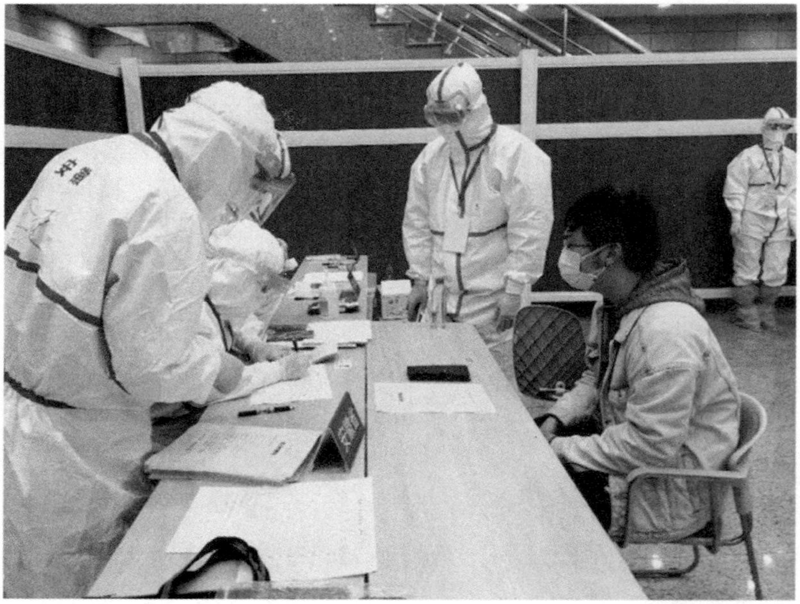

安徽省外办驻沪防控工作组监督服务

今天是2020年3月19日，是我奔赴前线的日子。出发前，省外办领导像对“新生婴儿”般对我千叮咛万嘱咐，确实，出生第2天的我还是“婴儿”。从接到任务到整装出发，不到24小时，我还是有点懵，我要战斗的地方是一片未知的战场，我不知道我能不能完成任务，我也不知道能不能安全返回，我说“时刻准备好了”，你信吗？其实，我也不知道。从办公室出发到地下车库，短短两三百米的路上，不断有同事过来送行，有帮我拿行李的，有给我加油打气的：“保重”“好样的”“注意安全”“有困难找我”“有需要随时吩咐”“你是最美的逆行者”……走着走着，我觉着我不是一个人在战斗，我有你们，我有省外办这个大家庭做后盾，奔赴前线的我并不孤单！我相信即使走得匆忙、准备不充分，省外办这个大家庭也一定会为我“保驾护航”！

有人问我可知道什么时候回来，我说：不问归期，只待“春暖花开”！

上海，我来了！返回家乡的海外亲人们、留学归来的莘莘学子，我来接你们回家啦！

践行外事为民

2020年的春天，一场突如其来的疫情将我们每一个人卷入了一场没有硝烟的战争。我是一名普通的外事工作者，在争取海外援助的过程中，在奔赴一线接转境外来皖人士的日子里，我对“外事为民”这四个字有了更深刻的感悟。

同舟共济，且以深情度寒冬

这场战“疫”，是一场同时间赛跑、与病魔较量的阻击战，是一场事关所有人、依靠所有人的人民战争。当前线缺少防疫物资的消息传来，外事队伍义不容辞地投身其中，依托国际化的朋友圈，积极拓宽防疫物资进口渠道，为前线白衣执甲的勇士提供物资保障。在争取海外援助的过程中，我点对点联系了近百名海外友人和华人华侨，与社会各界的爱心力量一起奋战在物资保供的战线上。

这条战线跨越了时空的阻隔：国外，海外游子天南地北、高价采购防控物资支援祖国。那奔走在大街小巷收购物资的身影、那满载口罩的特殊航班、那句“国即是家”的朴实话语，诠释着海外游子拳拳爱国之心。国内，外事、医疗、海关、慈善等组织机构不分昼夜地联络协调，航空、清关、物流等企业不计报酬地支持配合，彰显了团结奋斗、共克时艰的集体主义精神。

30多个日日夜夜，我的电话昼夜不停地响着，电话那头是大洋彼岸物资筹备的苦与难，是一线物资匮乏的急与忧，是清关物流的琐碎与繁杂。在办里领导和同事的支持和帮助下，我努力当好“串珠绳”，推动各个环节有序进行；认真做好“传声筒”，把海外捐赠的掣肘因素写进《海外捐赠医疗物资面临的“两难”及对策建议》一文中，让组织及时了解实际工作中的困难。繁忙的工作，让我对“外事为民”这几个字背后的意义有了更深刻的理解。

外事为民，就是以己为桥，联通内外。桥的那头是海外游子的拳拳爱国之心，桥的这头是祖国人民不屈不挠的抗疫斗争，我们传递的是流淌在每一个炎黄子孙血脉中的家国情怀。

外事为民，就是以己为桥，沟通上下、协调左右。桥的那头是在生死线上搏斗的医生和患者，桥的这头是党和国家的关怀，是社会各界的爱心，我们传递的是和衷共济、共克时艰的中国精神。

闻令而动，一寸赤心唯报国

2020 年 3 月，形势发生了逆转：经过艰苦卓绝的战斗，疫情的阴霾在神州大地渐渐散去，在世界其他地方猖狂肆虐；曾经，海外游子千里送暖，支援祖国抗疫，如今，他们百雁归巢，辗转万里，回国避疫。我们外事人的使命也随之发生了变化，疫情初始，我们是保供战线上的“摆渡人”，现在，我们要做防止境外疫情输入战线上的“排头兵”，在京沪机场接转境外来皖旅客，为国家守护国门。

美国诗人罗伯特·弗罗斯特在《未选择的路》一诗中写道：林中有两条路，而我选择了人迹罕至的一条。10 年前，读此诗，不知其中深意；10 年后，在这场战“疫”中，我找到了此诗的生动注解。

当祖国有需要的时候，60 后的老处长选择将家中老人的后事放在一边，身先士卒赴一线；当祖国有需要的时候，年轻的爸爸，选择将 2 个年幼的孩子托付给父母，闻令出征担重任；当祖国有需要的时候，80 后的他选择忍住伤病，带病坚守不言退；当祖国有需要的时候，我选择像白衣执甲的父亲一样，风雪逆行勇担当。

选择奔赴前线，就是选择了可能被病毒感染的危险；选择穿上防护服，就是选择了负重前行。每天 10 个小时不进食、不饮水、不如厕，我们经历着生理极限的考验；连续 11 天昼夜不停地接转旅客，我们承受着守卫国门、守护人民的艰辛。我有幸站了第一班岗，见证了安徽工作点的开张，参与了工作模式的探索与建立；也有幸站了最后一班岗，目睹了省防指驻沪工作组任务的圆满收官。准确地登记信息，不厌其烦地测量体温，我们的一笔一画、一言一行，向归国游子传递的是安徽的温度和祖国的温暖，向国际社会呈现的是负责任的大国担当。

西班牙作家塞万提斯说：忍受那不能忍受的痛苦，跋涉那不堪跋涉的泥泞，负担那负担不了的风雨。我想，这几句话生动概括了外事人的战“疫”精神。在祖国有需要的时候，我们选择向险而行，守护万家灯火；在人民有需要的时候，我们选择以身许国，书写无悔人生。我们是物资保供战线上的“摆渡人”，是防止境外疫情输入战线上的“排头兵”，我们以实际行动践行着外事人的初心和使命，以付出和担当丰富着“外事为民”的时代内涵！

清风捧拥笑归家

回家的路很短又很长，短的是距离，长的是心情。当新冠肺炎疫情在海外肆虐，海外游子们不约而同地想到生命最开始的地方——家。“回家”的温暖消释了“避疫”的惶恐，“家”字上面是宝盖头，表示“家”是遮风挡雨的地方，但这份静好的背后是一群人默默负重前行，这群人中，有一个团队叫省防指驻沪工作组。我们 24 小时驻扎在上海浦东和虹桥机场，接驳来皖境外人士。

在偌大的机场，“安徽省”三个字，让刚下飞机的返皖境外人士瞬间感到一种温暖。“欢迎回家”，工作人员热情地迎上去，帮助旅客推拉行李；“一路辛苦了，请坐”，信息登记人员亲切地招呼旅客坐下，耐心填写信息；医务人员认真测量体温，提醒旅客做好清洁消毒。休息区，工作人员为疲惫的阿姨送上一瓶水，为饥肠辘辘的小伙子递上一袋饼干，为小憩的宝妈盖上薄被……虽然春寒料峭，但这一点一滴如同温暖的阳光，融化了海外归客心中的疲惫。厚重的防护服隔开了工作人员与旅客之间的距离，却隔不断那份乡音和乡情。停车场，工作人员组织旅客排队上车，主动帮忙将几十斤的行李搬到车上，这看似简单的体力活，却让身穿防护服的工作人员汗流浃背。车上有食物，有生活必需品，还有我们的工作人员，一切的一切，只为让海外归子回家的路更加平坦。

这份工作看似很简单，却又是那么不简单。

这是一份牺牲小我的奉献。防护服、口罩、面屏、手套、脚套、纸尿裤，让素日白净的脸上勒出了伤痕，让双手闷出了皮疹，数小时不吃、不喝、不上厕所，挑战着每个人的生理极限。有同事发现一线人手不够，主动请缨，奔赴一线；有同事带病坚持上班，始终冲锋在前，绝口不提苦和累；有同事一下火车，就直奔机场，彻夜值班，坚守岗位，热情服务；有同事克服女性生理困难，以细致和温暖，在一线展现无所畏惧的巾帼风采。

这是一份如沐春风的温暖。旅客迎接、信息登记似乎很简单，但是，当旅客坐了十几个小时飞机，身心俱疲、饥肠辘辘的时候，每 1 分钟的等待对他们来说都是那么煎熬，工作人员耐心面对他们的质疑和不满，主动送上自己的盒饭和饮用水，积极联系调配车辆，尽最大努力最快做好旅客输送工作，外事战线上的尖兵们以专业的素养、国际化的风范，展现安徽省超高的接待水准。安徽省外办胡健处长说，我们要通过专业、主动、细致服务，传递安徽温度，让返皖旅客感受到党和政府的温暖。

这是一份保驾护航的辛劳。车辆调配似乎很简单，但是从上海到广德来回 5 个小时，到合肥来回 12 个小时，数 10 辆巴士昼夜不停息地运转，只为能将返皖旅客第一时间平安送回故里。公安战线上的战士们，扶老携幼，夜以继日护送海外归子回家。有一位公安干警连续工作 3 个昼夜，对此，他微微一笑，说：“没什么，我还能坚持。”

这是一份对健康的牵挂。安全卫生保障似乎很简单，但数十名工作人员、数以千万计的旅客的安危，都系于白衣战士手中，他们在现场一步一步指导工作人员穿戴防护用品，为工作人员的健康系上“安全带”；他们耐心指导工作点消毒清洁，为归来的旅客营造一份温馨的环境；他们认真检测旅客体温，指导旅客做好防护，为心有戚戚的旅客送上一份关切与抚慰。安医大一附院丁萍主任说：“零感染，就是我们最大的胜利。”

旅客迎接、信息登记、车辆调配、安全卫生保障……事无巨细，只为完善从境外到国门、从国门到家门的全链条防控，为百姓提供可靠的健康屏障。

这份工作看似很平凡，却又是那么不平凡。

这份工作代表的是一份安全感。在海外疫情肆虐的时候，在很多信息不确定的时候，在部分海外学校关闭学校住宿的时候，一些海外学子选择回家。这一路上，不仅有数十小时的颠簸，还有接触感染病毒的风险，他们的内心是不安的甚至是恐惧的。接待站“安徽省”的醒目标志，工作人员周到的接待和安排，让他们感到——家里人来了。有一位留学生来到工作点，看到工作人员时泪流满面，说：“见到你们真好，我回家了。”

这份工作传递的是一种关怀。一位从中国台湾回乡的85岁老人身患糖尿病、高血压、冠心病等多种疾病，见到安徽工作人员的那一刹那，涕泪横流，说：“家里有病人，要立即赶回阜阳老家。”工作人员一面耐心安抚老人情绪，根据老人身体状况做好健康保障，一面积极调度车辆。最后，由警务人员、医护人员随救护车护送老人回皖。

这份工作延续的更是一份希望。3月29日，机场到站旅客出现了小高峰，我们的工作站迎来了2位特殊的旅客——2名准妈妈。工作人员了解情况后，主动为2位准妈妈提供“一站式”靠前服务，帮其运送行李，为其送水送食物。为避免意外情况发生，工作组连夜协调，提前安排车辆将她们送回家。生命的延续，代表着未来和希望，相信2名宝宝健康诞生时，江南已经繁花似锦，疫情阴霾已经散去，处处焕发生命的活力。

工作组的成员来自各行各业。他们是人民公仆，他们是外事尖兵，他们是白衣战士，他们是公安干警，各行各业众志成城、携手抗疫；他们是60后的老处长、70后的中坚、80后的骨干、90后的新兵，不分南北，不分老幼，与子偕行，与子同袍；他们是父亲、是丈夫、是儿子，也是母亲、是妻子、是女儿，他们舍小家为大家，奔赴一线，只愿做一盏明灯，照亮海外游子回家的路。

玉兰花开春来报，清风捧拥笑归家。安徽省疫情防控应急综合指挥部上海组组长、省政府驻沪办主任刘卫东说，我们要有求必应，有需必供，体现人文关怀，确保入境赴皖人员安全返回。安徽省疫情防控应急综合指挥部上海组风雪逆行，为国家守护国门，为归皖旅客送上温暖，以坚持和坚守诠释“安徽温度”，以奉献和牺牲迎接皖江花开。

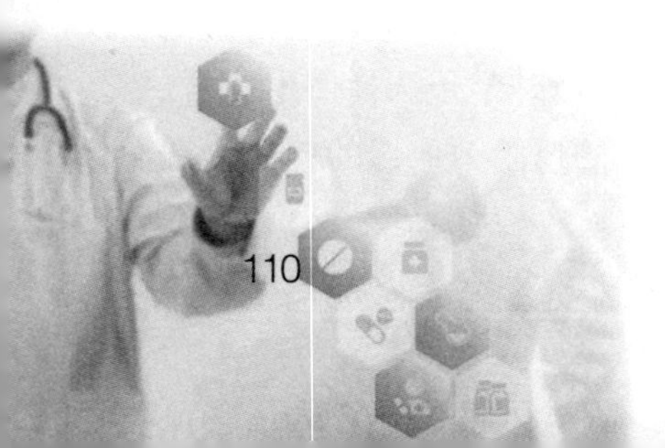

2020年的春天
我们在上海并肩战斗

明天就要离开上海了！离开的指令和来时一样，都是那么匆忙。可无论多么匆忙，我还是想抽出时间，细细捋捋这十几天的心路历程。因为，当我再回首往事，它必弥足珍贵！

种在心中的信念

3月22日，是周日。像往常一样，我来到办公室加班，合肥市入境人员闭环管理流程图需要第一时间反馈意见。事情紧急，境外疫情形势日益严峻，相关工作容不得半点拖延。突然，合肥市外办主任陈启亮，也就是我的“老板”，给我发了个微信：“赴沪参加境外人员交接转运工作，第一炮你可否打响?”我秒回：“可以!”省防指上海工作组几天前就进驻上海浦东机场、虹桥机场了。这时向各地市要人，肯定有硬仗要打。当然，我知道，去上海那是有风险的，毕竟新冠病毒的传染力不是吹出来的。可我能拒绝吗?不能，我是中共党员，关键时就不能怂，难得需要你奉献一次，向前冲就是了!

一个半小时后，我带着爱人准备的简单行李，提前出现在合肥金寨路高速出口——我们的出发汇合点。

烈士，还是战士

合肥市此次赴上海的除我之外，还有市公安局的周正建、市三院的苗连海。我们在金寨路高速出口汇合时，天已渐晚。打过招呼，加了微信，彼此陌生的人瞬间成了战友。此时，我才得知，合肥市防指给我们配备了口罩、隔离衣等防护用品，满满的一大箱。驻点的经开区公安分局的同志们得知我们没有护目镜，竟然主动匀给我们 6 个。说实话，越是这样，心里越是没底。在车辆徐徐启动时，收到“老板”发我的微信：“出发了没有？小心、保重!”我的眼泪差点流出来了，我想回：“领导，如果……记得为我评烈士。”想了一想，笑自己“多愁善感”了。毕竟，我不是一个人在战斗！市公安局郑刚副局长不是要我先去前线摸摸情况，人不够就再派吗？省外办胡健处长带领的外事 7 人小分队不是已经在上海战斗了吗？

前线需要的是战士，不是烈士。为了让“小侠们”早日摘下口罩，拼了！

不经历风雨，怎能见彩虹

到上海时已是深夜。办理入住，倒头便睡，未知的战斗就在明天。3 月 23 日，早上醒来，通知开会培训。省卫健委的老师培训我们如何做手消，如何穿戴口罩、手（脚）套，如何穿脱防护服等。我们是二级防护，武汉的医护人员都是一级防护，手套都要戴 4 层。他们面对的是确诊病患，是真英雄；我们面对的是未知入境人员，风险也不小。无论是一级防护还是二级防护，都要穿上密不透风的穿防护服，外加口罩、护目镜，工作起来都要十几个小时不吃、不喝、不上洗手间。长时间的超负荷工作，对每个人的身心都是巨大的挑战。不过，现场没人退缩。

培训会后，我发现房间门口都放了方便面、火腿肠、牛奶等，大有一日不喂胖 3 斤誓不罢休的势头。到了饭点，一日三餐准时送到房间，驻上海工作组的后勤保障真是做到了极致！我也时刻等待那个尚未传达但终会到来的命令：吃好喝好，去战斗！

3 月 24 日，我终于如愿以偿，正式穿上防护服，与其他战友们一起去战斗了。此后，在浦东机场 T1 航站楼的日子里，我们一起登记、测温、做好服务、引导入境人员登车，一起在防护服上写“欢迎回家”的字样……当入境人员看到“安徽省”的指示牌如释重负时，当入境人员兴奋地对我们说“到家了”时，当我们为入境人员更换口罩、递水送面包时，当我们把入境人员及时送上开往合肥的车辆时，我的内心都充满自豪，因为我和一群经历了精神洗礼的人在一起战斗，大家都为此实现了自我的跨越与提升！

待到山花烂漫

我们做好了打持久战的准备。君问归期？未有期。每一次和家人视频，我都无法回答“何时回家”这个问题。1 个月，抑或 2 个月，都有可能。我还让爱人给我寄来了短袖、短裤，毕竟夏天到来时穿防护服将更为难熬。然而，随着国家入境政策的调整，自 4 月 1 日起，入境上海的境外人员一律在上海就地隔离，这意味着我们在上海的接转任务告一段落。事情很突然，正想“大展身手”时，却遭遇“紧急刹车”。难忘战友情，我们来自全省各地、各单位，为了一个共同的目标来到上海，却因平时都戴口罩，难识庐山真面目，唯一强记的是防护面罩后一双双明亮的眼睛。

没有一个冬天不可逾越，没有一个春天不会来临。我们相信，在习近平总书记和党中央的坚强领导下，我们一定能取得抗击新冠肺炎疫情的伟大胜利。待到来年山花烂漫，亲爱的战友们，请不要忘记：2020 年的春天，我们曾在上海并肩战斗！

“疫”往无前
在“外防输入”的日子里

2020年农历新年之际，新冠肺炎疫情来得有点措手不及，这场没有硝烟的战斗牵动着我们每一个人的神经。

冬末春初，境外疫情呈现多点暴发蔓延，海外疫情形势变化不断，入境航班成为“外防输入”的最难关卡，北上广深等地转为抗疫最前线。外防输入，既有力度，也有温度。习近平总书记指出：“要时刻绷紧疫情防控这根弦，慎终如始、再接再厉，持续抓好外防输入、内防反弹工作，决不能让来之不易的疫情防控成果前功尽弃。”

奔赴前线，见过凌晨4点的上海

在境外疫情加速蔓延后，办机关8名同志主动请缨，从接到“在机场接转入境赴皖人员”的任务到奔赴北京上海前线的战场，不到24个小时的时间，但这一去，便开始了“三点一线”、黑白颠倒的“机场24小时驻点值守”工作。

“您好，欢迎回家！”

“请坐，请出示一下您的护照，我们帮您登记。”

这是3月23日的早晨6点，省外办驻沪防控工作组组长胡健转接一位刚下飞机回安徽的乘客的一幕。这天是工作组入驻上海机场后的第2天夜班，60后的组长胡健穿上防护服已经9个小时，离交班还有2个小时，汗水早已浸湿衣衫，能起4个小时防护作用的口罩被长时间不间断答复的飞沫慢慢浸透，带着医用手套的双手也被闷得起了皮疹。这场景，只是安徽省外办驻沪防控工作组在转运入境人员过程中的普通一晚，他们夜以继日、连续奋战，安全转运了近2000名入境安徽人。正如驻沪防控工作组胡健处长所说：“我们要通过专业、主动、细致服务，传递安徽风度，让返皖旅客感受到党和政府的温暖。”在上海浦东国际机场，有留学生对工作组说：“看到你们，就找到了回家的感觉。”工作组用认真负责、细致周到的工作行动实现关口前移，形成了一个境外来皖人员“从舱门到家门”的闭环。转运一个个归家人儿，只是凡间的普通小事，却也是工作组24小时不终止的人间之爱。

守护“东大门”，曙光就在不远的前方

马鞍山市位于我省东部，至南京禄口国际机场仅1小时车程，是我省的“东大门”。境外疫情来袭，外事系统也分外忙碌起来。

“你好，我是通过‘安徽外事’微信公众号获知的这个外事热线，我现在美国，近期打算回马鞍山，想知道入境后的一些隔离政策。”解答一通通大洋彼岸急切的求助电话、汇总一批批入境人员的信息、提供一次次多语种翻译服务、发布一篇篇疫情防控通报……市外办的工作人员连轴奋战、答疑解惑，只为给入境来马人员一份安心与信心。守护好“东大门”，不仅仅是在内摸排保障，更是向外对接服务。第一时间抽调专人奔赴市境外疫情输入防控工作领导小组专班、上海入境人员转运专班集中办公，按照机场航班的每日抵达计划，提前谋划约定时间，为入境人员提供各类服务。

点滴奔忙，转运是特殊的使命

3月，省疫情防控指挥部决定在宣城设立上海口岸入境来（回）皖人员转运中心（广德），负责做好芜湖、马鞍山、池州、铜陵、黄山、宣城等6市的上海入境来（回）皖人员接转工作。3月22日，接到任务开始正式运作的广德转运中心，安全保卫组、卫生防疫组、转运协调组、医疗救治组、后勤保障组迅速组建，隔离区、交接区、工作区快速设置，讲授防疫知识、做好医疗废弃物处置、及时开展消杀工作……一桩桩、一件件，细节里的每一步，都记录着外事人真实的转运工作全过程，在这场生命保卫战中，没有一个人

是旁观者。

外事人与其他部门工作人员一起，不分昼夜、连续作战，落实入境人员的交接、转运、隔离等措施，截至4月1日，累计接转上海口岸来皖车辆70台，其中黄标车55台、绿标车15台，境外来皖人员565人均安全转运，实现了“零差错接转、零人员感染、零意外事故”的工作目标。这样的成果里，有“零滞留”的小目标，有“车等人”的硬要求，也有会宣传的“小喇叭”，成功让转接一个批次人员控制在了30分钟以内。发放一张温馨提示单、送上一句祝福语、张贴一副欢迎标语、落实一名心理劝导员，也让境外回国人员在冬末春初感受到暖暖的关爱。

没有人是一座孤岛

2 月，春寒料峭，街上依旧冷清。

清晨 6 点半，乘上开往大兴的 6 路公交车，1 小时后我便抵达了周谷堆农产品交易市场，下沉东兴家园协助疫情防控的一天也就正式拉开序幕。

最初知道自己分在瑶海区大兴镇伏龙社区时，我极为忐忑。一来因为瑶海区疫情严重，需要格外注意自身健康安全；二来因为离家路途遥远，我甚至因为担心没有公交而犯愁。但是"疫情就是命令，防控就是责任"，既然主动报名下沉社区协助工作，就要克服困难、负责到底。瑶海东兴家园小区位于瑶海区大兴镇，所在的社区为伏龙社区。经伏龙社区"两委"成员介绍，小区共有 7 栋楼，计 740 户，目前已入住 453 户，其中租户有 100 户，由于一户多为几人租住，实际居住人口约 1000 人。这是一个人员密集且复杂的小区，虽说有专业的物业团队在管理，但由于小区住户多在周谷堆做生意，大家来自天南海北，这也无形中给我们的工作增加了难度。

根据居委会安排，物业统一负责人员登记和出入证的分发，市区两级干部配合镇上和社区志愿者协助物业做好政策宣传、体温测量以及出入证的查看等工作。事实上，绝大多数小区居民都极其配合我们工作，在小区出入口，大家都能耐心排队等待测量体温，主动拿出临时采购证或是工作通行证交给我们检查，展现了合肥公民良好的素质。而最容易出现问题的环节，就是在通行证的办理上。由于这里租户居多，大多是从外地赶过来复工的，大家都不愿意在家隔离，想拿个工作通行证，第二天就能正常上班。有时好几个人凑过来，说："不让我们上班我们回来干吗?"这着实让我们犯起了难。但是特殊时期、特殊政策，职责在肩就一定要贯彻执行到位。我们对那些返肥务工人员进行细致的劝导与宣讲，告诉他们此举的目的何在、意义何在，尽最大努力获取他们的理解，并请他们联系自己的工作单位，向单位解释清楚，相信单位也一定会体谅职工。根据不同人的情况办理不同的出入证，这不是“没有人情味”，相反，这不仅是对个人负责，更是对大家负责的体现。

在小区工作的前几天，我也发现了一些问题。例如，小区保安尽管对待防控工作尽职尽责，但对市区两级政策不甚了解，有时候对哪些人要居家隔离 14 天、哪些人只要隔离 7 天犯起了迷糊。遇到这种情况时，我就拿出相关通告原件向他们讲解哪些县属于合肥市、哪些地区属于重点地区等，几次之后再有外来人员返回小区，他们也能准确地做出判断。小区封闭管理后，大多数居民都能很好地配合我们的工作，但是部分居民的疫情防范意识还有待加强。如有人在小区里遛狗，有人不戴口罩便下来倒垃圾、取快递，秉着“对每个人负责”的原则，我们看见一例就指出一例，向他们阐明利害并进行劝导，后来这类现象渐渐不再出现。

“没有人是一座孤岛。”在这场没有硝烟的战争面前，不仅需要共产党员带头冲锋、医护人员全力以赴，也需要公安民警、基层干部、社区志愿者夜以继日地做好保障，但最重要的是需要每一位公民、每一位普通人的理解与支持。小区的住户们在出入小区时都能积极配合我们工作，有时还对我们说：“你们辛苦了！”“谢谢你们对我们这么负责。”让我们在寒风中也觉得内心无比温暖。保安大叔说的一句话令我思索良久，他说：“我们国家这么大，就没有迈不过去的坎。”相信在党中央的领导下、在全社会的努力下、在每个人的行动下，我们一定可以打赢这场战争，迎回又一个繁华喧闹、充满生气的春天。

社区就是战场　疫情就是命令

如果不是这场来势汹汹的新冠肺炎疫情，2020 年的春节应该和往年的一样洋溢着喜庆与希望。然而计划赶不上变化，每一条关于疫情的新闻让全国人民的心为之纠结。2 月 11 日晚，我在市外办的微信群里接到了一份特殊而又紧急的通知，市直机关选派党员干部职工下沉社区、充实一线，参加疫情防控工作。看到通知的一瞬间，我立刻报名，并在 2 月 13 日，在市委组织部的安排下来到了瑶海区铜陵路街道五里井社区报道。从那天起，我们市外办 2 名同志与市政协 1 名同志便在同一工作点开始每天 8 小时、往返路程接近 30 千米的下沉社区战“疫”生活。

摸清状况，打好“主动仗”。到岗第一天，我们就向社区书记陈芬询问相关信息并确定工作职责。经了解，我们的工作点为非封闭式三无小区，内有 3 个小区（合浦南村、五里井小区、铜陵东村），院落老旧、租住户多，总居住约 5236 人，人口就业结构混杂，闲散人员多，老年人占人口比重较大，小区内有菜市场、饭店、理发店等许多店铺，人员来往频次极高。因此，疫情防控工作强度大、难度大、压力大，社区工作人员从大年初一起就持续上班，希望我们的到来能够为他们增强战“疫”力量。

问题梳理，打好“明白仗”。了解过后，我们发现五里井社区其实是合肥老城生活的一个缩影，许多社区居民喜欢热热闹闹、习惯进进出出。我们初到之时面临诸多困难，居民非常不适应每户每 2 日仅 1 人可凭证进出 1 次，反对声音不断。许多居住在小区里的老年人到一路之隔的花冲公园散步，不居住在小区内的儿女要为独居的父母送菜，周边居民习惯到小区进行生活相关的购物消费，还有众多居民是个体经营户并无工作单位。2 月 15 日的一场大雪让社区防疫工作更为艰巨，由于缺乏道闸所以控制人员有序进出尤为困难，临时搭建的简易登记棚被风吹塌了，手脚冻得不听使唤，温度计在低温下也不时失灵。即便如此，哪怕我们把温度计抱在怀里捂暖和，哪怕直接在小区出口处成为人工道闸，哪怕嗓子都喊到说不出话只能比画手势，哪怕被不理解的居民迎头责怪，哪怕晚上灯光不好到需要点亮手电筒登记信息，我们也用最温柔的坚持为进出小区的每 1 户居民当好最尽职的“守门员”。

实际行动，打好“攻坚仗”。风雪过后，一切都在变好。全国范围内，新冠肺炎确诊及疑似病例不断降低，出院病例快速增加。在五里井社区，24 小时战“疫”集装箱飞速搭建起来，遥控道闸也快速安装到位，街道及社区也备足防护用品、办公用品，对我们下沉人员关怀备至，并增派社区工作者及其他志愿者协助实行 24 小时值守。在众人的群策群力下，五里井社区疫情防控墙以不可思议却又顺理成章的速度成型，战“疫”工作内容、流程与制度也愈加明朗。我们针对小区实际存在的各种情况，协同社区利用多种途径做好疫情防控宣传，狠抓居民进出与外来返肥人口防控重点环节。坚持每天消毒作业，对进出居民逐一检查，查看口罩佩戴情况，测量体温，询问来往事由，登记联络信息，叮嘱做好防护。社区在出入口显眼处安置体温检测等宣传牌，安装小喇叭不间断向居民播放疫情防控基本政策与健康知识，主动将健康登记宣传页送到一户户居民手中。考虑到社区内老年人较多，我们倡导与老人同住的子女为老人做好健康登记工作，也主动为独居老人进行健康登记，全方位向社区居民进行疫情防控知识的宣传普及答疑解惑。

科学管理，打好“服务仗”。除此之外，我们也针对不同居民的不同情况进行分类，实现人口进出登记高效流程化服务。针对小区普通居民，我们以户为单位为小区居民办理临时出入证明，并将相关信息按 3 个小区分别造册，不仅易于我们与居民减少交谈直接按区域登记，还便于社区在防疫期间及结束后整理人口台账；针对小孩、老人等体质较弱者和无要事外出者，我们千叮咛万嘱咐，逢人必劝其待在家里，最大程度降低他们暴露在户外环境的概率；对于执意出门遛弯者，我们在社区工作者的协助下引导其在人少的时候在小区的花园内短时间晒太阳，并要求必须戴好口罩、不得聚集聊天；针对需要复工的居民，我们在其提供工作证明的基础上为其办理个人工作专用出入证，做到防疫不放松、复工不耽误；针对周边外来人员，我们在显眼位置悬挂“本小区已封”标语，并告知前来问询的市民本小区已采用封闭式管理，小区内菜市场、饭店等店铺已休市或停业，争取市民的理解、配合。除了不断做好既有工作外，我们和社区也根据居民反馈的问题每日讨论、积极反思，比如增加核对人员信息环节避免出入证被滥用、允许居民先办理临时通行证并在复工首个工作日再开具证明办理工作专用通行证以降低居民出入频次等，不断创新工作方法、优化工作流程并提高办事效率。

心得体会，打好“收获仗”。当进出的居民逐渐减少、当蹒跚的老人们开始主动向我们递出入证、当小孩子学会主动伸出手腕等待量体温、当下班归来的人们一脸疲惫还竖起大拇指感谢我们的付出时，我们的心里更加暖意融融，因为这个时候，我们真正变成了相互鼓励、相互扶持、相互温暖的战“疫”伙伴。家是最小的国，国是千万的家，正是无数医护人员临危不惧、冲锋在前，正是警察、社区工作者、志愿者等无私奉献，正是无数叫不上名字的普通人加入抗击疫情中，才串联起我们国泰民安、岁月静好的幸福生活。合肥还有成千上万人和普通的我们一样，把“舍小家，为大家”一遍遍地镌刻在心间，保障着每个社区、保卫着这座城市、保护着我们的家！

疫情之下，同心连枝。此时，淝水雪融，梅花初开，春来，平安归。

下沉，到战“疫”一线去战斗

2月19日，今天是与社区同志并肩战斗的第7天。我的值守点是包河区万年埠街道金斗社区中海滨湖公馆小区南门。到岗后，在社区同志的帮助下，我抓紧熟悉小区基本情况，找准疫情防控的重难点。小区共有高层22栋、别墅66栋，共4048户，物业相对规范，具备封闭式管理和消杀工作等硬件条件，工作重难点在于小区入住人数多，是周边入住率最高的小区之一，很多居民是省内其他地市来肥工作生活的，随着近期复工，返程人员增多。另外，小区居民很多是在附近机构如银行、证券公司、生鲜超市、物业、保安公司等工作，开工时间早，进出人员多。

疫情就是命令，防控就是责任。作为党员，冲在一线，责无旁贷。下沉社区以来，我认真做好每一天进出小区人员信息核查、宣传引导、小区日常巡查等任务。民心是抗击疫情的良药，疫情防控要有力度，服务群众要有温度。在严格落实好各项防控措施的同时，在工作中，还要注意换位思考，做好解释和说明，努力争取群众的理解和支持。有一户居民看到邻居家门上贴了居家隔离封条，不清楚情况而担心和紧张，我及时告知这是外地回来的居民需要进行居家隔离，让群众安心，避免不必要的恐慌。我们每一个在岗位上默默值守的人，都是“保安”，“保”群众健康平“安”。

在与社区“战友”们的并肩战斗中，我从他们身上学到了很多。疫情发生以来，他们一直在连续作战，从设立疫情监测点、登记车辆信息、喷洒消毒、流动宣传，外控输入、内排归程，号召业主开展爱心献血，组织居民在阳台隔空合唱《我和我的祖国》，群策群力开发线上社区疫情防控小程序辅助战“疫”，这些都凝结着社区工作者的艰辛付出与智慧。

小区还活跃着一支特殊的战斗服务队，他们是以小区里在校学生为主组成的“韶华志愿队”，年纪最小的一名学生今年上高二，他们主动配合社区做好防疫，每天坚持帮助小区居民分发代购蔬菜，在战“疫”一线展现出00后身上不一样的朝气和勇于担当的青春风采。

风雨送春归，虽有春寒料峭，但大地终将回暖，天地俱生，万物以荣，一年之计在于春，我们绝不能懈怠倦怠，我们必须坚守坚韧，我们必将赢得战“疫”的最终胜利!

难忘军人誓言　擦亮初心底色

作为一名刚脱下军装不久的转业人员，我始终没有忘记曾许下的捍卫国家和人民安全的承诺，因此能够投身到防控疫情的社区一线参加战斗，我的内心每一天都是激动的，同时思想上一刻也不敢放松，尤其是在市外事办领导线上传达了习近平总书记“2·23”重要讲话之后，社会面开始战“疫”生产两手抓，复工复产恢复秩序，封闭的小区打开了，防范疫情的压力和风险空前增大，需要我们采取更加有效的措施来积极应对。

今天，我又像战斗员一样令行禁止，充当群众安全哨。疫情防控正处在最吃劲的关键阶段，落实防控的机制必须更加严格。一大早，不少情况不明的辖区居民没带出入证就要出去，说：“解禁啦，我们可以自由出入了!”没办法，除了出示有关文件，我只能将最新的政策向居民一遍遍解释，对不符合通行条件的坚决不予放行，这个问题绝不含糊。人员车辆出入的高峰期过后，在前期和文化厅小区物业沟通的基础上，我们组成联合小组，上门对外来复工居家隔离的2户人员进行体温测量，主动做好服务，消减焦虑情绪。看着他们如释重负的笑容，我也感到释然，只要全心全意，群众必然大力响应。

今天，我又像参谋员一样出谋献策，对标党员先锋岗。一线情况千变万化，需要我们保持定力、集思广益、精准施策。庐阳区居民健康登记已经开始数日，由于人员复杂、难集中等实际困难，不少人有畏难情绪。为了把这次“清仓行动”进行彻底，我提议和小区物业参与管理人员每日沟通，按照“内防扩散、外防输入”策略，分区分块解决这项棘手难题。2月28日上午10时左右，我们再次碰头，各自说明分工完成情况和存在问题。首先，物业整合与业主的联系方式，建立了健康登记微信群，在册住户健康登记基本完成；其次，针对少数不会操作智能手机的独居老人，我携带社区发放的二维码卡片，上门服务；再次，对出入小区人员，认真核实登记情况，做到不漏一户一人，这是现在的重点关口；最后，我将社区的最新意见进行了传达：随着疫情的好转，住户回来居住增多，在做好登记发卡的同时，要在登记表上备注时间并扫码注册登录防疫平台。我感到，基层工作来不得半点虚假，必须扎扎实实，才能换来居民生活的踏踏实实！

今天，我又像导调员一样上传下达，融入社区总体战。四牌楼社区此次分配下沉党员 23 名，大家来自不同岗位，拥有丰富工作经验，正所谓“聚是一团火、散是满天星”。社区提供了一个工作交流平台，我时刻关注大家上传的经验做法并适时把我们监测点的疑问发到群内咨询，确保和社区整体战“疫”行动保持一致。12 时 30 分，根据社区安排，我和另外一名志愿者开始逐个点位轮巡，我们认真记下各个小区的现实困难和成功经验，然后向社区反馈，以便社区解决问题更有针对性，不断巩固统一标准、统一行动、统一成效的总体作战态势。在上下齐心的战斗氛围中，在社区夜以继日的坚强奋斗下，相信胜利很快就会到来。

风雨同舟　抗疫有我

2020 年对许多人来说，注定很艰难。庚子年初，一场突如其来的疫情席卷中华大地——1 月 23 日，武汉“封城”；1 月 26 日，宣城市首例新冠肺炎病例被确诊。疫情发生以来，我作为宣城市外事战线上一名普通的工作人员，积极投身志愿服务，发挥语言优势，为疫情防控工作贡献出一点微薄的力量，也收获了点点滴滴的感动。

国际求助　暖心回应

鉴于我市医疗防护用品紧缺，在接到市防控指挥部要求通过国际渠道采购医疗防护用品的通知后，1 月 29 日，我连夜通过邮件和微信向国际友好城市、国际友好交流城市、国际友好机构和国际友好人士等发送了求助信息，请他们帮助联系口罩和防护服等医疗物资的采购渠道。很快，日本中央市、保加利亚帕扎尔吉克市、菲律宾帕拉纳克市和保加利亚资深媒体人士玛格丽娜女士等先后回信，表达了对我市新冠肺炎疫情的深切关注，期待我国政府早日成功战胜疫情，并祝愿确诊患者早日康复；尼日利亚亚非工商会发来慰问信，表示愿与中国政府和中国人民坚定站在一起，坚信“在中国人民及全世界持良好愿望朋友们的共同努力下，一定能很快控制新冠肺炎疫情”；德国尼特瑙市市长卡尔先生和保加利亚穆蒂公司董事长库兹曼先生，经过反复沟通和多次联系，分别落实了 1100 套和 1000 套医用防护服资源；在宣投资的阿富汗客商穆罕默德·艾沙迈尔先生，接到我的求助信时，正在迪拜出差，后来他多次通过国际长途电话和微信与我确认 N95 口罩规格，经多方努力，于2月6日找到了1000只N95口罩货源，但由于国际物流停运，最终他决定给宣城市捐款，并在2月28日下午安排企业捐款6万元人民币，用于我市的防疫工作……

来自异国他乡的关切和慰问，让我十分感动。为做好国际采购和捐赠工作并及时传递我们的诚挚感谢，我保持手机24小时在线，克服中外时差的影响，每天不分昼夜，疯狂地发送信息、回复信息，同时为了确保物资符合医用要求，我不断搜集各种医疗防护用品的不同规格及中外标准的差异，比如，N95口罩要3M1860、3M1870的或者有防病毒字样的，防护服要符合EN14126标准（液体阻隔等级在2级以上）且符合欧盟认证等，那时候甚至做梦都是口罩和防护服的标准。

他方有难　风雨共担

在党中央的坚强领导下，国内疫情形势逐渐好转，但国外疫情日趋严重，我又与国外的友好城市和友好人士联系，表达我们的关心和慰问，分享我国的抗疫经验，并表示愿意尽我所能、提供帮助。3月20日，菲律宾帕拉纳克市向我市发来求助信，说帕拉纳克市疫情形势严峻，希望我们能提供新型冠状病毒的检测试剂，以遏制该市的疫情蔓延。我第一时间翻译好来信内容，并报告办领导，最终市政府决定采购5000人份的检测试剂捐赠给帕拉纳克市。帕拉纳克市政府外事办主任伊娃·诺诺女士和我多次微信联系，3月27日，她在电话中哽咽着告诉我，由于新冠肺炎病例不断增加，医护人员和医疗用品严重不足，只能眼睁睁看着身边的亲人、朋友和同事生病甚至死亡却无能为力，我也情不自禁地流下了眼泪。人类是命运息息相关的共同体，疫情面前，我们要守望相助、共克时艰。在这批捐赠物资的包装上，我设计了有着中菲两国国旗及“情同手足，共担风雨”中英文对照的标签。

4月9日晚上11时，德国尼特瑙市市长卡尔先生给我发来微信，请求帮忙采购1万只口罩，在与他就口罩的规格和价格等问题进行沟通后，考虑到口罩数量不多，我连夜与德国的朋友联系口罩货源直到10日凌晨3点多。后来连续几天，我与国内外的口罩经销商对接口罩货源和发货渠道，最后在德国中国商会干事长段炜先生的帮助下，卡尔先生4月14日顺利收到了1万只心仪的口罩，他对我们做出的努力表示感谢！

日本中央市是我市的友好城市。在我市疫情严重时，该市积极帮助寻找防护用品；当日本疫情开始蔓延时，我市也十分关注中央市的情况。我与中央市友好交流协会的李忠富博士定期发送邮件，共享疫情信息并互致良好祝愿。自1月底至5月8日，我们来往信件达到30封，当5月7日他来信告诉我，该市迄今为止仍然没有新冠肺炎病例时，我感到由衷的高兴！在不断的书信交往中，两市的友好关系也得到了进一步巩固。

志愿服务　助力防控

疫情发生以来，我主动承担了市防疫指挥部所有医疗防护用品外文说明书的翻译工作，并在第一时间报名参加了中国防疫翻译志愿者小组。五湖四海、四面八方的力量通过线上渠道交流汇聚，我与全国的志愿者们一起共同搜集、翻译并整理世界各国的疫情变化及医疗用品的进出口政策等方面信息，翻译各种防护用品的说明书和致居家隔离居民的慰问信等，助力抗击疫情。我们利用业余时间加班加点翻译了各种防控视频和资料，如《新冠肺炎防疫宣传动画》（汉翻英）《张文宏谈新冠肺炎——流感与普通感冒的根本区别》（汉翻英）和美国人写的抗疫温情小故事《同在蓝天下——清和月的故事》（英翻汉），被“安徽外事”微信公众号、腾讯网等多个媒体转载，或被推送到国外网站，帮助世界各国人民更好地了解防控知识，助力全球的疫情防控。在翻译资料的过程中，我除了与志愿者们深入探讨，还多次向国外朋友和省高校翻译协会的老师们请教，力求做到准确、地道地表达，翻译的材料获得好评。

为响应省外办的号召，更好地做好境外疫情输入防控外事服务工作，3月中旬，我迅速牵头组建了英日韩等多语种的翻译志愿者队伍，每天制作中、英、日、韩4种语言的《宣城市每日疫情播报》刊登在宣城市政府网站的《外事之窗》专栏上，并随时准备为境外回宣人员提供转运服务。3月下旬，省入境人员转运中心设在我市，承担安徽南部6个城市入境人员的中转协调工作。尽管深知风险高、任务重，但作为一名共产党员，我毫不犹豫地报名参加，按照要求及时入驻该中心，制作英文版入境提示广播，协助转运协调组做好入境人员的中转协调工作，保障入境人员顺利转运。

防疫无国界，我们每个人都是地球村的村民。疫情面前，我们风雨同舟、携手并进，坚信全世界一定能战胜疫情，因为无论寒冬有多么漫长，总会有冰消雪融、春暖花开的时候……

桃花巷口战士

社区抗疫，点点星光，照亮银河。社区是疫情联防联控的第一线，习近平总书记于2月10日在北京调研指导新冠肺炎疫情防控工作时指出：“社区是疫情联防联控的第一线，也是外防输入、内防扩散最有效的防线。”在疫情防控的阻击战中，每个外事人都在为共同的目标而战。外事系统在关键时刻下沉社区抗疫一线，肩膀上挑起的是责任更是担当，全力去坚守的是日常更是使命。每一个外事战线上的普通人，也是社区里的“最美逆行者”。

根据市新型冠状病毒感染的肺炎疫情防控工作领导小组统一部署，2020年2月9日至13日，池州市外办涉外管理科科长吴娴兰同志作为市直第一批党员干部抽调参加主城区社区疫情防控值守工作。以下是其工作日记。

2月9日　星期日

今天在池州池阳街道古舜社区杏村小区参与疫情防控值守时，不少居民问我：“疫情什么时候能结束？”说心里话，我也很想知道！“少出门，我们就能让疫情早点结束！”我恳切地说。

2月10日　星期一

除了复工的，今日社区进出的人员明显减少。“回去吧，家里待着最安全哦！”本打算出来溜达溜达的爷爷奶奶，听话地折了回去。望着他们可爱的背影，我的心里暖暖的。

2月11日　星期二

住宅小区实行封闭式管理以来，原本熙熙攘攘的小区门口变得清冷、有序。快递、外卖无接触配送，虽然没以前方便了，但大家默默接受了。非常时期，默默也是一种支持！

2 月 12 日　星期三

社区 90 后女孩谷靖今天给我们桃花巷值守人员建了微信群，取名“桃花巷口战士”。在这场战“疫”中，有白衣天使，有环卫工人，还有许许多多像我们一样默默坚守的人！我们一定赢！

2 月 13 日　星期四

连日来，不时有居民自发给我们值守点送来开水、牛奶、雪饼、奶茶等慰问品。特别感动！谢谢你们！

一次次感动，汇聚成一颗颗照亮黑夜的星星，鼓舞我们坚定前行。我们坚信：有爱相伴，黑夜不长！

前方有我　后方有你

2020 年 3 月 13 日至 6 月 19 日，根据省外办党组统一部署，我驻点省疫防办外事组，参与疫情防控各项涉外工作。作为年轻同志，很荣幸能在疫情防控的紧张阶段，在这样一个特殊平台上锻炼和学习，成长很多、收获很大、感触很深。我想用 3 个过程回顾在前方工作期间的体会和收获。

前方组工作是一个由繁到简、由难到易的过程。刚来指挥部办公室时，省内疫情还有很多不确定因素，外防输入的各种压力接踵而至，如何让外办的作用发挥出来、让外办的声音传递出来，是我们工作的当务之急。我们捋顺工作的轻重缓急，比如发布《入境来皖（回皖）人员温馨提示》《致海外安徽籍同胞及其亲友的一封信》、开通 24 小时热线电话等，在获得社会各方面很好反馈的同时，很快赢得省疫防办领导和其他工作组的肯定与支持。疫情防控进入常态化后，外事组工作面临的新问题、新情况不断涌现。我们在前方一不怕事、二不推事，该汇报的汇报，该拿方案的拿方案，该协调解决的及时解决，做到头脑清楚、不打乱仗，工作起来也就没有那么费心费力。外事组牵头制订各类工作方案，因为涉及的工作内容都很熟悉，也知道该如何去协调执行，所以制订出台各类工作方案都很迅速，在征求相关单位意见时能保证基本一致通过，工作成就感满满。

前方组工作是一个化被动为主动的过程。在前方工作期间，我最大的体会是变。国家的政策一直在调整，省里的政策一直在优化，有时候今天的方法完全解决不了明天的问题。因此，我们必须始终保持头脑清醒，必须做到比任何人都熟悉政策，我们对外说的每一句话、发布的每条信息都应该是权威的、统一的。同时，我们还要主动学习研究政策，有重点地谋划和开展工作。3 月，社会各方面对外防输入的政策信息了解甚少，我们第一时间起草发布《致海外皖籍同胞的一封信》，信的内容丰富，较全面地将社会上的疑虑全部阐述清楚，迅即被各大媒体和政府网站大量转载和引用。其他诸如外籍人士服务指南、对外援助和国际合作、复工复产包机方案等，均发挥了较强的实践指导作用。对我个人来说，以前总觉得外办工作上接天线的事情多、下接地气的事情少，但经过这次在前方的工作历练，深切地体会到外事工作也可以真真切切为老百姓提供服务，为地方经济社会发展作出贡献，这将是今后工作中我们需要常常思考和不断实践的课题。

前方组工作是一个变单打独斗为协同发力的过程。正如办领导多次强调，前方组既是外事组的办公室，也是外办在指挥部的前方工作站，发挥好外事组的中枢神经作用，决定着疫情防控涉外工作成效。为此，我们工作的一个重点内容就是协调，与其他工作组保持良好沟通，充分调动外事组 15 家成员单位力量，办内各兄弟处室密切配合，时常还要同中国驻外使领馆联系沟通。我们坚信，真正干事的人从来都不会被忽视。5 月 16 日，由芝加哥飞往合肥的航班落地新桥机场，185 名留学生在合肥结束 14 天的隔离后纷纷向我们表达了感谢，中国驻芝加哥总领馆对此给予高度评价：感谢安徽省用真心真情给海外学子们回到祖国送上第一个拥抱。在外事组，我们是前方，所有的成员单位都是后方；在外办，我们是前方，办里所有的处室、直属机构以及各位同事都是我们的坚强后盾。在办党组的关心关怀下，我们首批前方组成员已回到原先的工作岗位，我们在后方会继续站好岗、办好事，发挥好外办作用，传递外办好声音！

前方组工作感悟之“五心”

六月酷暑难熬，前方工作组的工作也是如火如荼。为执行办党组的决定，6 月 19 日至 8 月 27 日，我有幸参与了省疫防办外事组轮换工作，虽说只是两个多月的时间，但作为一名疫情防控外事工作者深感肩负的责任。

此次驻点期间，我认真做好每日疫情防控信息收集、精编、报送和统计工作。截至 8 月 26 日，累计整理汇编外事组成员单位的每日疫情防控信息 606 条并及时办理了相关文电。

两个多月以来，我深深感受到，做好疫情防控、推动复工复产工作，要具备“五心”。

第一是初心。2020 年 3 月 8 日，省疫防办印发《关于省新型冠状病毒感染肺炎疫情防控工作应急综合指挥部办公室增设外事组的通知》后，作为牵头单位的省外办积极响应，迅速召集外事组成员单位落实相关要求。在我看来，外事组成立的意义表现在三个方面：一个是充分体现了较高的政治站位，增强“四个意识”、坚定“四个自信”、做到“两个维护”，全面落实“坚定信心、同舟共济、科学防治、精准施策”疫情防控要求；二是彰显了外事力量，外事组在工作中主动作为、迎难而上，在涉外阵线上有序开展抓实抓细疫情防控涉外工作，全力为战胜疫情营造良好有利的外部环境；三是为民情怀，秉持外事为民理念，多措并举，努力做好在皖外籍人员服务、接转和关心关爱工作。

前方组以“疫情不退决不收兵”的战斗姿态坚守初心使命，在疫情防控一线，不仅牵头负责入境来皖人员的疫情防控工作，还承担起企业复工复产包机人员的接转任务。据不完全统计，7—8 月，前方组累计接转多伦多、伦敦、纽约等城市及日韩等国来皖留学生、复工复产人员共1500余名。

第二是细心。办文是疫情防控的核心工作之一，政令的传达几乎都是通过正式公文来体现。疫情防控文件的重要性、紧迫性不言而喻。驻点期间，从拟文封面到最后成文，需要打破以往的文体文风，行文的重点放在办文说明，包括来文概要、办理依据和办理建议，最后成文言简意赅。这就更需要我们具备细致严谨的工作态度，以高度的责任感与各单位和部门相互协作。通过一系列办文办事，我感受到作为一名外事工作者的工作价值所在。

第三是耐心。驻点期间，我接到过不少来自身处异国他乡的安徽同胞和旅居海外侨胞的求助电话，他们或是因疫情原因暂无法回国产生急躁情绪，或是询问最近的国内防疫政策。我一方面宽慰他们安心生活，另一方面积极为他们查询最新的政策和相关安全提醒，给予他们来自家乡人民的关切。借助12308外交部领事保护热线电话，我查找到许多及时、有用的疫情防控政策和安全提醒信息，以此准确传达给需要的同胞。

第四是信心。自信是成功的基础，如果不自信，就不会尽力去做，肯定不会成功。有办党组的坚强领导，有外事组各成员单位的支持，有前方工作组同志的奉献精神，有疫情防控指挥部的后盾保障，我们有坚定干好工作的信心。

第五是恒心。首先，疫情防控是一项综合性很强的工作，不单做好“防”这个前提，更要协助企业复工复产，落实好“六保”工作。两个多月时间里，我还通过翻译工作加深对疫情防控政策和相关知识的理解和掌握，深深感受到，疫情凸显了翻译的重要性，它为对外传播架起一座无障碍沟通的桥梁。

结合目前从事的领事工作，在当前常态化疫情防控形势下，我省公民和企业的境外安全保护工作的重要性日益凸显，其工作趋势将由宏观向微观进行转变。从宏观方面看，境外公民安全保护工作将逐步纳入国家利益范畴；从微观层面看，通过搭建研究平台、建立各类风险数据库、培育专业人才队伍、个案评估和基础评估等方式，形成适应本地区发展的“一带一路”倡议风险预警报告。此外，逐步加大涉及境外安全的法规宣传力度，强化公民的境外安全保护意识，加快国内与领事保护相关立法建设，实现公民和企业对境外安全保护服务的合理期待等也是未来我们做好境外安全保护工作的趋势所在。

总之，此次在前方工作组的工作实践既是一次挑战，又是一次宝贵的学习机会。阿拉伯国家有句谚语，语言是叶子，行动是果实。虽然我在前方组的工作告一段落，但疫情防控的使命仍在延续。路漫漫其修远兮，我将秉持在前方组养成的吃苦耐劳的工作作风，不忘初心，继续在本职工作岗位上发挥应有的力量！

用心用情用力践行外事为民服务

2020 年 8 月 27 日，作为省外办第三批前方工作组的一员，我有幸来到省疫防办工作，虽然前后只有短短三个多月的时间，但是在这里我做了大量实实在在、可圈可点的外事为民服务工作，现结合这三个多月的工作和所思谈一下自己的收获和体会。

一是外事为民服务，“小事”也不小。在疫防办工作的三个多月时间里，虽然没有干出什么惊天动地的大事，但我深深地体会到：外事为民服务，小事做好了也是大事，比如办理商请皖韩“快捷通道”人员李相澈提前返韩的事宜。韩籍人员李相澈是我省铜陵市枞阳县的重大外商投资者，从韩国来到我省铜陵洽谈投资项目后急需回国，而为外商提供便利，既可让外商真正感受到安徽的投资环境，又可彰显安徽开放的良好形象，故我与江苏省疫防办协调沟通，顺利帮助李相澈提前返韩。再比如商请办理江淮大众公司外籍员工家属在沪隔离事宜，这名外籍员工妻子携 3 个年幼的孩子从墨西哥经上海入境，按照当时的疫情防控政策，需在上海隔离 7 天后再转运至安徽广德隔离 7 天，为避免隔离期间的转运颠簸和不便，我们按程序致函上海市疫防办为其成功申请全程在上海隔离。这些事看似都是小事，实际上一点也不小，如果处理不好，必将有损安徽对外开放良好形象，进而影响我省经济社会发展。

二是外事为民服务，就是要主动提高服务意识。在常态化疫情防控下，对于境外来（回）皖人员，应重点做好主动服务工作，提高服务意识。一要为外籍人员提供信息指南，通过省外办门户网站多语种及时发布最新防疫政策及相关信息，包括来华隔离措施、境外疫情简报、有关业务办理注意事项等；二要搞好境外人员的引导和服务，联合教育、商务、国有资产监管、侨务、侨联等单位外事部门，加强疫情防控法律政策宣传，及时提供防疫物资支持，劝导其从自身安全和健康考虑自觉遵守我省疫情防控要求，搞好相关服务保障工作；三要加强对来（回）皖境外人员的关心关爱，做到及时全面权威解答境外（来）回皖人员的有关问题咨询，对境外人员在皖期间遇到的一些诸如签证、隔离、出境等方面的困难，在不违反政策和确保疫情防控的前提下，及时协调各方解决实际困难。真正把外事为民服务这些点点滴滴的小事做细、做实、做好、做到位。

三是不论是为民服务还是外事为民服务，都要做到用心、用情、用力。所谓用心，就是要做到细心、耐心。疫防办工作期间，来文很多，需要协商办理的事也不少，特别是一些来文，办理时间紧、任务重，即使在这种情况下，我们也是严格请示报告，一个程序不少，一个环节不漏，做到统筹安排、齐心协力、无缝衔接，确保不出差错。所谓用情，就是带着一种感情和责任去干一件事，比如办理做好长鑫存储技术有限公司台籍员工陈柏宏家属来肥处理善后事宜的函，因事情突发，时间很紧，也正是因为站在对方的角度去想问题，我们加班加点拟文并按程序报送领导审示，第一时间和上海市疫防办对接，成功办理点对点闭环管理将台籍员工陈柏宏家属接至合肥处理善后事宜。所谓用力，就是尽最大努力把事情办成。在办理澳门航空公司合肥代表处申请澳门至合肥复航的事宜时，我们按照程序向合肥市疫防办和合肥海关等相关单位发放征求意见函，但他们的复函都表示因保障能力有限，建议推迟复航。考虑到澳门是我国的特别行政区，在力所能及的情况下，要将中央对澳门的关心支持落地落实，于是我与合肥市疫防办等单位反复沟通，最后为澳门航空公司成功申请每周开通两班往返合肥至澳门的航线。

总之，在省疫防办期间，对于我来说，既是工作，又是学习，在这里我不仅学到了很多业务上的知识，而且改进了工作作风，提高了逻辑思维能力。我将进一步加大学习力度，不断提高自己的综合能力和素质，为服务中心、服务发展和外事为民服务作出积极贡献。

战斗在安徽抗疫前线

2020 年 3 月 24 日至 6 月 19 日，我在驻省疫防办前方工作组工作，这是省外办党组给我的难得的机会，我在得到锻炼的同时自然也收获颇多。

疫情可控离不开所有人默默付出。我记得当时跟家人说，我要到前方组工作一段时间，上班地点离家更近了，开始家人都很高兴。实际上前方组的工作量大，每天都下班很晚，双休日和节假日也正常值守。有一天我家孩子问我：“爸爸，疫情不都控制住了吗，你还要在这边上班吗?”我告诉孩子：“疫情是被控制住了，但你知道疫情是怎么被艰难控制住的吗？正是因为有比我干得多得多、辛苦得多、贡献大得多的一批人，勇敢地战斗在抗疫一线、奋斗在抗疫前方，才换来现在的车水马龙和现在的平平安安、健健康康。”正是因为在前方组工作，才有机会比大多数人站得靠这些人近一些。办党组给我这个机会，让我能站在离安徽战“疫”前线更近一些的地方，更深刻地感受抗疫成果取得的不易与艰辛。

安心工作离不开全办同人的大力支持。我在前方组工作期间，有同事赴上海抗疫一线去承担更加艰难险急的人员转接任务，处里的人手比较紧张。在全办“一盘棋”的工作格局下，抗疫国际合作事务和正常业务工作开展都要齐头并进。在任务重、人手少的情况下，全处同志都给予了我在前方组工作的大力支持，其他处室的同事们也在办国际合作组的组织架构内，通力协作完成好国际抗疫合作任务。后勤保障随要随到，很多时候，通过电话要各类数据、了解各种情况，大家都不厌其烦。这些，都为我们能在前方组努力争取好的工作成效提供了大力支持，大家功不可没。感谢一直坚定、默默地支持我的领导和同事们，让我能安心地站在那个离安徽战“疫”前线更近一些的地方，心无旁骛地工作。

完成任务离不开组内战友协同作战。与驻省疫防办前方工作组第一批工作人员的另外两位同志3月13日就已“占领阵地”并迅速展开工作不同，我是3月24日才到岗，我虚心向他们学习，迅速进入工作状态，努力干好每件事，这是我面对这项工作任务时抱有的基本态度。刚开始，由于省疫防办外事组的相关工作头绪多、任务重，前期有关抗疫的政策多且变化快，办公条件简陋和入驻省疫防办的其他兄弟职能组还不熟等，我需要补做大量功课，才能跟上省疫防办的工作节奏。我按照“计划内的事正常做、能预判的事情提前做、临时来的事情按序依规抓紧做、重点事难点事大家商量协作做”的工作思路，紧锣密鼓但忙而不乱，这都得益于另两位同志前期开展的艰苦而富有成效的高质量工作。工作期间，诸如“你家里孩子小，早点回去吧，剩下的我来做”“你家离这边远，早点下班回家吧，手头上的急事我来完成”之类的话语经常能听到，这是同事间一份真诚的关心、理解和帮助，也是一份真挚情谊的自然流露，同样是一种凝心聚力。正是因为能团结协作、有商有量、互帮互助，苦干加巧干，才能点滴积累成较好的工作效果。很荣幸能和他们一起战斗在前方组！正是因为有外事组、前方组的领导和同事们的指导、帮助、照顾，我才能从容地、稳当地站在那个离安徽战“疫”前线更近一些的地方，为安徽的抗疫工作做点力所能及的事情。

今年我办参与的抗疫工作注定会在我办的发展历程中写下浓墨重彩的一笔。全办参与抗疫所凝聚成的团结协作、主动作为、迎难而上、追求卓越的工作作风，对办里每一个人来说都是一笔宝贵的精神财富。我已从前方组轮回到原先的工作岗位，但定承袭此种作风，继续竭力干好工作。

致难忘的 70 天

2020 年 6 月中旬，作为省外办第二批派驻省疫防办前方组的一员，我开始了在省疫防办的驻点工作。

外事组成立时，正是国内疫情逐渐转好，外防输入、复工复产渐成防疫工作重心的阶段，外事组也因此备受瞩目。犹记得到前方组的第一天，一位其他组的同事得知我是外办派到外事组驻点的工作人员后，立刻露出重视的神情，随后一字一顿地说：“你们外事组现在不得了！”没等我接话，又问道：“为什么现在国内还会有零星输入性确诊病例?”时间关系，那天我并没有对他的提问作答复或者探讨。后来我回想这两句简单的招呼，第一句话有对外事组前期工作的肯定，同时也印证了外事组正面临异常艰巨复杂的外防输入任务；第二句是我来外事组工作的目的，但更多是反映了大家对外事组工作的期待。

事情的发展也确如所料。在随后的 70 天时间里，我亲历了 8 架次企业复工复产国际包机和确有困难华侨、留学生回国临时航班入境，中国（安徽）抗疫医疗专家组赴南苏丹、几内亚协助抗疫工作筹备以及省疫防指挥部及其办公室 30 余份文件，报国办和省委、省政府 10 余份疫情防控调研专报的草拟等工作，参与和见证了外事组各部门对统筹疫情防控和全省经济社会发展所做的种种努力。这其中的一些片段至今回想起来仍然令人动容，引人深思。

8 月的一天，一架从乌克兰基辅至合肥入境的临时包机降落在新桥机场。参加任务保障的同志们都明白，这是一趟特殊的航班，因为机上除了全国各地滞留在国外的人员和确有困难数百位华侨外，还有数十名滞留在基辅的婴幼儿，其中年龄最小的不过刚满月。那天，当我们看到飞机舱门打开，一位年轻的母亲怀抱着熟睡的婴儿缓步走出飞机时，一种身为中国人的自豪感瞬间油然而生。我想参与接转工作的所有同志也和我一样，觉得再多的付出都是值得的。

因为组织一架次这样的航班，除了外交部、海关总署、中国民航局以及中国驻外使领馆的全力协调支持外，仅仅在飞机入境城市，就需要调动省、市、区各个层面多个部门两三百人协同作战。为了反复核准来人信息，前方组与驻外使领馆保持24小时联系，常常在凌晨2点、5点的时候收到工作群里发来的确认消息。因为高温，穿着严密防护服的接转人员接连晕倒在接机现场。而无论时间再晚、工作再累，外事组和指挥部办公室的负责人和同事们都会坚持等到最后一名乘客做完核酸检测和流调，安全乘车到达集中隔离点后才离开。毫不夸张地说，这些航班组织的难度和疫情防控风险，完全不亚于2019年那部热映的《中国机长》中的情节。不同的是，影片中中国机长面对危情所表现出的是英勇无畏，而冒着巨大风险接回疫区确有困难的同胞，则多了一份明知山有虎，偏向虎山行的意味。

疫情是对公共卫生体系的一次检验，也是对政府应急管理能力的一次大考。疫情可以通过隔离得到有效控制，但是经济运行恰好相反。为了统筹这一对矛盾，国家层面建立了人员往来“快捷通道”和物资运输“绿色通道”，积极开展抗疫国际合作。在操作层面，如何进一步清除障碍、优化流程、提高效率、防范风险，就需要各地进行深入细致的调查研究。没有调查就没有发言权，疫情期间，在单位领导的带头下，我们加强调研，围绕抗疫医疗物资进口，我省外资外向型企业复工复产，我省“走出去”企业、高新技术企业、港澳资企业面临的问题，加强企业海外安全风险防范，邀请外国人来华返岗复工，临床试验新冠疫苗应用，外籍人才便利通道建设等进行深入调查研究，提出了很多较有针对性、可操作性的工作建议，报送省委、省政府领导参阅，很多建议为相关部门所采纳，部分有国内推广价值的上报给了国办。

中国政府派往南苏丹、几内亚抗疫医疗专家组的筹备工作是前方组承担的另一项重要任务，从6月份接到南苏丹使馆发来的函电到8月19日专家组包机起飞，组织工作经历了艰难曲折的2个月。特别是在组织工作的最后2周时间里，前方组在协调医疗物资航空运输、整合跨省跨部门联合包机、协调境外核酸检测、落实各项经费等方面遇到了很多困难。单位领导多次召集大家商议，工作专班的同志与中国驻南苏丹大使馆、中国驻几内亚大使馆、外交部、卫健委、商务部、国家国际发展合作署、中石油集团公司、南方航空公司以及省政府办公厅、省财政厅、物资保障组、医药企业、报关公司等几乎每天一会，往往一整天就在不停的电话、视频会议等各种繁杂的事务中过去。

外事组也时常会遇到一些紧急的个案。记得7月上旬的一个周末，我结束手头工作正准备下班时，突然接到通知，一位在澳同胞急需回乡探望弥留之际的父亲。从人道主义出发，皖粤澳三地迅速研究制定工作方案，在严格落实核酸检测、闭环管理的前提下给予了便利。对于前方组来说，就是与时间赛跑，力争在最近一次飞机起飞前办结相关手续，完成这次“千里接力”。我匆匆给家人打电话告假，凝神思考2分钟，确定程序无误后，打开电脑飞速草拟了3份电文，当传真机的“嘟嘟”声响起，电报悉数发出并经电话确认收到的时候，方才长舒了一口气。收拾停当，关上电灯，一缕素洁的月光透进窗户洒落地面，看着屯溪路上的车水马龙，遥想此刻皖澳两地远隔千里的至亲正在彼此挂念，不禁感慨“人有悲欢离合，月有阴晴圆缺，此事古难全”，不知我们的努力能不能让同胞心愿成全。

2020年五四青年节，一段叫作《后浪》的演讲视频感动了无数人。那句“你们有幸遇见这样的时代，但时代更有幸遇见这样的你们”鼓舞了多少年轻人为梦想矢志不移、接续奋斗。而在这次抗击疫情的战斗中，外事系统的同志们，无论60后、70后、80后，还是90后，无论处在什么岗位，都没有袖手旁观，都在以各种方式付出自己的努力、做出自己的贡献，作为其中的一员，经此一役，我深感自豪。

一切过往，皆为序章。2个多月的工作带给我的思想淬炼和业务锻炼是受用不尽的，未来也许有更多的困难等着我们去克服，但我相信，我们一定会因为这段驻点经历而平添一份从容和淡定。

附　　录

2020年省外办大事记

1月8日至9日，主任雍成瀚赴沪分别与日本驻沪总领事矶俣秋男、英国驻沪总领事胡克定、捷克驻沪总领事理查德·科帕奇、阿根廷驻沪总领事奥帕罗、韩国驻沪总领事崔泳杉和美国驻沪总领事谭森举行工作会谈。

2月12日，美国马里兰州向我省捐赠的约2万件（只）防疫物资运抵合肥。

2月21日，韩国政府向我省捐赠的约3.5吨爱心物资运抵合肥。主任雍成瀚将物资交接给省红十字会。交接现场，雍成瀚主任与崔泳杉总领事视频连线。

3月2日至3日，瑞典安徽科技商业协会与瑞典华人工商联合总会向我省捐赠的防疫物资运抵合肥。办领导樊忠厚向相关医院交接捐赠物资。

3月10日，省政府向韩国政府捐助的一批防疫物资正式启运。这批物资被捐助给韩国疫情最为严重的庆尚北道和我省的友好省道江原道。

3月24日，我省与波兰下西里西亚省新冠肺炎疫情防控经验交流视频会在中科大第一附属医院远程医学中心召开。

4月14日，主任雍成瀚赴铜陵有色集团、海螺集团走访调研疫情防控常态下企业复工复产情况。

4月16日至17日，主任雍成瀚会见来访的韩国驻沪总领馆副总领事金汉圭。

4月21日，我办举办驻京沪防疫工作组凯旋欢迎仪式，主任雍成瀚出席欢迎仪式并致辞。

4月26日，省委外事工作委员会第三次会议在合肥召开。

4月27日，主任雍成瀚会见来访的日本驻沪总领馆副总领事等等力研一行。

5月7日，我办与法国勃艮第-弗朗什-孔泰大区国际和欧洲事务部举行工作视频会议。主任雍成瀚与勃艮第-弗朗什-孔泰大区国际和欧洲事务部主任安娜-玛丽·奥莱克斯出席会议。

5月8日，我省与美国马里兰大学新冠肺炎疫情医疗专家交流视频会议召开。中国驻美国大使馆公使徐学渊、主任雍成瀚等参加视频连线会议。

5月11日，2020年全省外办主任会议在合肥召开。主任雍成瀚主持会议。各市、省直管县（市）外办主任，省委外事委成员单位及省直有关单位外事部门负责人参加。

5月13日至14日，主任雍成瀚赴上海分别与泰国驻沪总领事飒丝黎·丹绲拉、马来西亚驻沪总领事邱世豪、印度尼西亚驻沪总领事戴宁、新加坡驻沪总领事罗德伟和蔡篕合、厄瓜多尔驻沪总领事弗兰克林·帕雷哈、老挝驻沪代总领事苏嘉伦举行工作会谈。

5月15日至16日，主任雍成瀚率调研组先后赴上海、浙江、江苏调研。

5月18日，安徽省情介绍暨皖港交流合作座谈会在省行政中心举行，时任副省长章曦出席。主任雍成翰参加座谈。

5月22日，我办举办皖港澳专家中医防控、抗击新冠肺炎疫情视频连线交流活动。

5月29日，安徽江淮汽车集团与德国大众汽车集团战略合资合作协议签署暨启动仪式在人民大会堂举行。国务委员王勇出席并致辞。时任省委书记李锦斌致辞，时任省长李国英主持仪式。德国驻华大使葛策出席，德国大众汽车集团首席执行官迪斯在德国视频连线并致辞。

6月11日，国务院总理李克强与德国总理默克尔举行云会晤。安徽省国资委、安徽江淮汽车集团与德国大众汽车集团通过云签约方式共同签署了江淮汽车集团投资协议。

6月11日至12日，主任雍成瀚会见来访的美国驻沪总领事谭森一行。

6月18日，主任雍成瀚与韩国驻沪总领事崔泳杉一起赴合肥维信诺科技有限公司考察。

6月19日，时任副省长章曦在合肥会见韩国驻沪总领事崔泳杉一行。主任雍成瀚陪同。

6月30日，我省向非洲国家津巴布韦捐赠防疫物资。

7月3日，中国物流股份有限公司、德国威廉港、欧门公司中国代表处联合考察团来我办交流座谈。

7月8日，时任副省长章曦在省外办会议室与法国勃艮第-弗朗什-孔泰大区副主席帕特里克·阿亚什举行视频会晤。主任雍成瀚参加。

7月14日至15日，主任雍成瀚赴上海分别与法国驻沪总领事纪博伟、菲律宾驻沪总领事库玉甘、越南驻沪总领事宁成功举行工作会谈。

7月27日，主任雍成瀚会见辞行拜会的爱尔兰驻沪总领事何莉。

8月5日，主任雍成瀚会见辞行拜会的泰国驻沪总领事飒丝黎。

8月10日，主任雍成瀚会见到访的香港贸易发展局华东、华中首席代表吕剑一行3人。

8月18日，时任省委常委、常务副省长邓向阳出席中国（安徽）赴南苏丹和几内亚抗疫专家组和医疗队出征仪式。

8月24日，时任副省长章曦与南苏丹卫生部部长伊丽莎白·阿切·约尔举行视频会晤。主任雍成瀚参加。

8月26日，时任副省长章曦在合肥会见新加坡驻上海总领事蔡鐙合一行。主任雍成瀚参加会见。

8月26日，时任副省长章曦在合肥会见香港特区政府驻上海经济贸易办事处（驻沪办）主任蔡亮一行。主任雍成瀚参加会见。

9月7日，赴南苏丹、几内亚抗疫医疗专家组和第七批援南医疗队完成任务。主任雍成瀚赴合肥新桥机场迎接。

9月8日至9日，外交部外管司司长王同庆一行来皖调研。主任雍成瀚主持座谈会。

9月11日，副省长周喜安出席对话安徽——中韩高端制造业对接会。

9月11日，时任省委书记李锦斌在合肥会见韩国驻华大使张夏成一行。

9月15日，我省向俄罗斯下诺夫哥罗德州捐赠的防疫物资启运。

9月16日，副省长王翠凤、政协副主席李和平出席安徽大学纽约石溪学院揭牌仪式。

9月16日，时任省长李国英在合肥会见参加安徽与东盟国家驻沪领事机构对话会的东盟8国驻沪领事机构负责人一行。

9月16日，时任副省长章曦出席安徽与东盟国家驻沪领事机构对话会，新加坡、泰国等东盟8国驻沪领事机构负责人参加对话会。

9 月 21 日，主任雍成瀚率队看望慰问结束隔离的赴南苏丹、几内亚抗疫医疗专家组并召开座谈交流会。

9 月 22 日，我办应邀出席中国驻汉堡总领馆庆祝中华人民共和国成立 71 周年线上招待会。

9 月 22 日，ITER 计划校正场首批线圈暨法国 WEST 装置偏滤器关键部件交付活动在合肥举行。主任雍成瀚参加交付活动。

9 月 23 日至 24 日，中国国际问题研究基金会理事长，前驻加拿大、印度尼西亚、瑞典大使兰立俊率我驻外前大使一行来皖调研。主任雍成瀚陪同。

9 月 29 日，驻巴塞罗那总领馆举办庆祝中华人民共和国成立 71 周年网络招待会。主任雍成瀚录制视频致辞。

10 月 11 日至 12 日，上海市、江苏省、浙江省和安徽省外办、友协在上海召开 2020 年长三角地区外办友协一体化工作会议。主任雍成瀚出席。

10 月 14 日，主任雍成瀚与来访的新华社安徽分社社长刘菁一行进行座谈交流。

10 月 16 日，马里驻华大使迪迪埃·达科等部分国家驻华使领馆代表受邀参加中国安徽名优农产品暨农业产业化交易会。

10 月 15 日，副省长张曙光在合肥会见了马里驻华大使迪迪埃·达科、斯里兰卡驻沪总领事马诺瑞·马莉卡瑞琪等前来参加中国安徽名优农产品暨农业产业化交易会的部分外国驻华使领馆官员。

10 月 19 日，主任雍成瀚在合肥会见来访的捷克新任驻沪总领事卡雷尔·史诺一行。

10 月 21 日，日本贸易振兴机构上海代表处首席代表水田贤治一行访问我办。

10 月 21 日，主任雍成瀚赴上海拜会德国驻沪总领馆总领事欧珍，并参加于当日举办的德国“统一日”招待会活动。

10 月 22 日，时任副省长章曦在合肥会见了美国新任驻沪总领事何乐进一行。主任雍成瀚陪同会见。

10 月 22 日，主任雍成瀚在合肥会见卢森堡新任驻沪总领事贺文晟一行。

10 月 26 日至 27 日，主任雍成瀚率调研组先后赴湖南、湖北外办调研外事工作。

10 月 28 日，办领导张力芳在合肥会见阿根廷驻沪总领事奥帕罗一行。

10 月 28 日，主任雍成瀚应省人大邀请，在省十三届人大代表第六期专题学习班上作当前国际形势和对外工作报告。

10 月 29 日，主任雍成瀚参加安徽中韩（池州）国际合作半导体产业园揭牌仪式。

10 月 31 日，第十八届中国国际粮油产品及设备技术展示交易会在合肥举行。交易会前，省委常委、时任常务副省长邓向阳在滨湖国际会展中心会见了乌克兰驻华大使谢尔盖·卡梅舍夫一行。主任雍成瀚等陪同会见。

11 月 5 日，中国（安徽）自由贸易试验区推介会活动在上海举办。时任副省长章曦出席活动并致辞。美国驻沪总领事何乐进等部分国家驻华使领馆代表应邀参加活动。

11 月 11 日，主任雍成瀚赴京拜访全国对外友协。全国对外友协会长林松添会见雍成瀚一行，并进行工作会谈。

11 月 12 日，我省向哥斯达黎加捐赠的防疫物资启运。

11 月 16 日，我办与驻汉堡总领馆和汉堡氢能企业代表召开视频会议。

11 月 17 日，时任副省长章曦在合肥会见了法国驻沪总领事纪博伟一行。主任雍成瀚陪同会见。

11 月 16 日至 17 日，时任副省长章曦会见法国驻沪总领事纪博伟。

12 月 10 日，我办主办的安徽省国际交流合作基地授牌暨交流培训会在巢湖举行。主任雍成瀚与省直相关部门领导共同为第一批安徽省国际交流合作基地进行授牌。

12 月 18 日，安徽与 RCEP 国家地方政府合作研讨会在合肥举行。

12 月 18 日，应俄罗斯联邦驻沪总领事馆邀请，我办派员赴上海参加俄中友谊联欢活动。

12 月 18 日，我办与上海国际问题研究院、安徽大学共同主办安徽与中东欧国家合作研讨会。主任雍成瀚出席。

12 月 24 日至 25 日，2020 年全国地方外办主任会议在江苏省南京市举行，国务委员兼外交部部长王毅出席会议并作报告。主任雍成瀚参加会议。外交部授予我办经济处全国外事系统 38 个基层单位“全国地方外事工作先进集体”称号，王毅亲自颁奖，雍成瀚主任代为领奖。

2021 年省外办大事记

1 月 5 日，主任雍成瀚应邀赴省委党校作当前国际形势和中国外交及我省外事工作报告。省直机关新任职处长班、市县科干示范班学员和省委党校（省行政学院）部分教职工约 130 人参加。

1 月 12 日至 14 日，主任雍成瀚会见来访的埃塞俄比亚驻沪总领事魏澜。

1 月 15 日，我办与我国驻津使馆举行视频会议，回顾 2020 年我省对津合作，商讨新一年工作。

1 月 22 日，主任雍成瀚与美国马里兰州州务卿约翰·沃本史密斯举行视频会晤，商谈两省州结好四十周年纪念活动以及加强友好交流与务实合作事宜。

2 月 2 日，主任雍成瀚与来访的韩国新任驻沪总领事金胜镐一行举行会谈。

2 月 4 日，安徽省与美国马里兰州采取网络视频连线方式举行结好四十周年纪念活动启动仪式。时任省委书记李锦斌、美国马里兰州州长拉里·霍甘、中国人民对外友好协会会长林松添出席启动仪式并致辞，中国驻美国大使崔天凯作视频致辞。省长王清宪与霍甘州长线上互赠纪念品。

2 月 5 日，主任雍成瀚率省商务厅、省文化和旅游厅及马鞍山市政府相关负责人赴沪，分别拜会中国法国工商会会长乐睿思和法国驻沪总领事纪博伟，与 14 家法国企业代表进行座谈。

2 月 5 日，主任雍成瀚在上海与香港贸易发展局华东、华中首席代表吕剑和其上海代表处有关人员开展工作座谈。

2 月 23 日至 24 日，山东省外办副主任孙业宝来我办调研。主任雍成瀚、办领导张力芳与调研组座谈。

2 月 24 日，俄罗斯安徽华人华侨联合会会长、中国侨商联合会副会长陈齐等来自西班牙、匈牙利、乌干达、美国、巴基斯坦、泰国、斯里兰卡、韩国的海外侨领一行 13 人到访省外办。主任雍成瀚、办领导张力芳与侨领们座谈交流。

2 月 25 日，省外办（省友协）与美国马里兰—安徽友好省州委员会、马里兰友好城市委员会、安徽同乡联合会、大华府地区同乡联合会通过视频连线方式举行新春慰问活动。主任雍成瀚、办领导张力芳、机关处室及直属机构主要负责人等参会。

3 月 8 日至 10 日，上海市外办主任张小松、副主任周亚军一行 6 人来皖调研，办领导张力芳陪同调研。

3 月 11 日，办领导张力芳与来访的加拿大驻沪总领事穆大纬座谈交流。

3 月 20 日，主任雍成瀚赴郎溪县开展省市外事工作结对共建工作。

3 月 24 日，时任副省长章曦在合肥会见渣打银行（中国）有限公司副董事长、行长张晓蕾一行。办领导张力芳参加。

4 月 6 日，省长王清宪在合肥与中外企业家联合会考察团一行举行工作会谈。副省长周喜安、省外办主任雍成瀚参加。

4 月 7 日，省长王清宪在合肥会见格鲁吉亚驻华大使阿尔赤・卡岚第亚一行。

4 月 15 日，时任省委书记李锦斌、省长王清宪在合肥会见了大众汽车（中国）投资有限公司首席执行官冯思翰一行。主任雍成瀚参加。

4 月 15 日至 16 日，“长三角一体化”外媒采访团来我省参访。

4 月 16 日，主任雍成瀚在合肥会见印度尼西亚驻华大使周浩黎。

4 月 16 日至 18 日，在沪香港大学生交流考察团来皖交流考察。

4 月 20 日至 21 日，主任雍成瀚率队赴山东调研。山东省外办主任蔡先金、副主任孙业宝参加座谈交流。

4 月 22 日，主任雍成瀚在北京专程拜访上海合作组织秘书处，与副秘书长卓农・舍拉利・萨伊达米尔（塔吉克斯坦）等进行会谈。

4 月 26 日，省外办与波兰下西里西亚省省长办公室国际合作部举行工作视频会议，主任雍成瀚与下西里西亚省省长办公室国际合作部主任克里斯托弗・霍顿出席会议。

5 月 6 日至 8 日，美国驻沪总领事何乐进一行赴我省金寨县和蚌埠市参观。

5 月 10 日，我省启动在皖外籍人士和在皖港澳同胞新冠疫苗预约接种。

5 月 11 日，省委外事工作委员会第四次会议在合肥召开。

5 月 11 日，时任副省长章曦在合肥会见以色列驻沪总领事爱德华，主任雍成瀚参加会见。

5 月 12 日，由外交部干部司、安徽省委组织部和省外办主办的第十一期地方课堂暨安徽省外事工作领导干部专题培训班开班式在省委党校举行。时任副省长章曦、外交培训学院副院长徐钟生等出席。主任雍成瀚主持开班式。培训面向全省近 200 名外事领域领导干部，由外交部有关司局负责人和省委党校专家授课。

6 月 1 日，中土执政党治国理政交流机制启动仪式在线上举行，中联部部长宋涛在中联部主会场、土耳其正发党副主席埃夫坎·埃拉在土耳其主会场出席活动并致辞，省委副书记程丽华在安徽分会场出席活动并致辞。

6 月 3 日，我省与美国马里兰州举行双方高等教育合作工作组线上会议。

6 月 17 日，我办邀请上海合作组织秘书长弗拉基米尔·诺罗夫在 2021 世界显示产业大会开幕式上视频致辞，邀请大韩贸易投资振兴公社大中华区总部总代表洪彰杓、上海代表处馆长白仁基出席开幕式。

6 月 18 日，主任雍成瀚、副主任樊忠厚与来访的深圳清溢光电股份有限公司董事、行政总裁（总经理）兼合肥清溢光电有限公司总经理朱雪华一行进行会谈交流。

6 月 22 日，我办与南非林波波省举行工作视频会议，主任雍成瀚、办领导张力芳，林波波省省长办公室主任纳普·恩查贝朗、经济发展环境和旅游部门负责人索力·克贡蓬、农业部门负责人拉玛特茜梅尔·麦瑟拉等出席会议。

6 月 23 日，副主任樊忠厚出席中国（安徽）自由贸易试验区合肥片区中欧班列跨境电商出口专列发运仪式。

6 月 24 日，我办邀请外交部外交政策咨询委员会委员、上海国际问题研究院学术委员会主任杨洁勉和新华社安徽分社常务副总编李亚彪，为参加全省外办主任会议的外事部门负责人及办机关和直属机构党员干部作专题报告。

主任雍成瀚主持报告会。

6月24日，全省外办主任会议在合肥召开。主任雍成瀚主持会议并讲话，办领导及各省辖市外办主任、省直管县（市）外办主任、省直有关单位外事部门负责人等参加会议。

6月20日至26日，外交部亚非司公使、一级巡视员刘永凤率工作组一行3人来皖专题调研，主任雍成瀚、办领导张力芳等分别陪同调研。

7月1日，省外办组织开展庆祝中国共产党百年华诞七一主题党日活动。

7月9日，主任雍成瀚赴上海调研，分别与韩国驻沪总领馆、上海外办对接2021世界制造业大会、“长三角一体化中的安徽”推介活动等工作。

7月14日，由安徽省外办、安徽大学共同举办的“大使讲坛”活动在安徽大学举行。活动邀我前驻外大使黄惠康、徐坚、罗林泉，上海国际问题研究院学术委员会主任杨洁勉分别作专题报告。

7月16日，我省与德国下萨克森州以视频方式举行“相聚云端、共话未来——中国安徽省与德国下萨克森州高端云访问活动”。时任省委书记李锦斌、下萨克森州州长施特凡·魏尔、中国驻汉堡总领事杜晓晖、德国驻上海代总领事唐孟思出席活动并致辞，省长王清宪与魏尔线上签署了《中华人民共和国安徽省人民政府与德意志联邦共和国下萨克森州政府关于进一步深化友好省州关系合作意向书》，共同见证两省州签署项目合作文件。主任雍成瀚参加活动。

7月22日，主任雍成瀚会见来访的泰国驻沪总领事乐达·普玛一行。

7月27日，主任雍成瀚会见来访的春光里产业资本集团董事长杨守彬一行。

8月4日，一级巡视员张力芳出席中国—土耳其民间友好合作对话会活动。

8月5日，主任雍成瀚会见来访的古巴驻沪总领事托雷斯一行。

8月10日，应东北亚地区地方政府联合会秘书处的邀请，经省政府批准，主任雍成瀚代表我省线上出席第13次全体会议。

8月18日，主任雍成瀚在上海会见德国工商大会大中华区南区总经理、全国政府事务负责人徐晶波，省政府驻上海办事处主任曹哨兵、副主任方劲松，德国商会职业教育全国副总监陈丽玮、华东及华中区政府事务总监郝智。

8 月 25 日，我办与印尼南加里曼丹省政府相关部门举行视频工作会议。主任雍成瀚、一级巡视员张力芳，南加里曼丹省政府副秘书长陶菲库拉赫曼、商业局局长纳法林、工业局局长马尤尼、矿物局局长伊沙万托等负责人参加会议。

9 月 2 日，副省长张红文和南非林波波省副省长塔博·莫科尼分别以视频方式在我省与林波波省线上友好合作推介会上致辞。省外办一级巡视员张力芳，省文化和旅游厅、省农业农村厅、省属国有企业监事会负责人，林波波省经济发展环境旅游部部长拉桑布、南非驻上海领事馆总领事何安娜等出席。

9 月 3 日，主任雍成瀚会见来访的香港贸易发展局华东、华中首席代表吕剑一行。

9 月 9 日，2021 年国际（亳州）中医药博览会暨第 37 届全国（亳州）中药材交易会开幕式在亳州市举行。副主任王年宝出席开幕式。

9 月 14 日，时任省委书记李锦斌、省长王清宪在合肥会见了大众汽车集团（中国）首席执行官冯思翰一行。主任雍成瀚参加。

9 月 14 日，省长王清宪与澳门恒宇集团主席谢镇宇一行举行工作会谈。主任雍成瀚参加。

9 月 16 日，由省外办主办的“百年征程　外事交响”安徽外事庆祝建党百年图片展在省行政中心 1 号楼开展。

9 月 26 日，主任雍成瀚会见来访的戴德梁行华东区董事总经理黎庆文一行。

9 月 28 日至 29 日，德国工商大会大中华区南区总经理、全国政府事务负责人徐晶波一行来访。主任雍成瀚主持座谈会，副主任王年宝，省教育厅、省商务厅、省贸促会、合肥市外办、合肥经开区管委会及合肥学院等部门负责人参会。

9 月 29 日，副省长张红文在合肥会见英国驻沪总领事胡克定一行，主任雍成瀚陪同会见。

10 月 11 日，省长王清宪在蚌埠会见出席太湖世界文化论坛第六届年会的外国驻华使团。副省长周喜安参加。主任雍成瀚陪同。

10 月 13 日，大众汽车（安徽）有限公司向我办赠锦旗，感谢在大众汽车（中国）投资有限公司 CEO 冯思翰博士在合肥隔离期间给予的支持和帮助。

10 月 18 日，省外办一级巡视员张力芳出席由江苏省人民政府外事办公室主办的“聚焦长三角　共叙中日情”中日地方合作论坛。我省日本友城高知县知事滨田省司视频致辞。

10 月 19 日，省港澳办联合香港贸易发展局举办企业香港上市融资培训班，采取线上与线下相结合的方式。省政府副省长周喜安出席并致辞，主任雍成瀚主持培训活动。

10 月 19 日，副主任樊忠厚出席 2021 年海外领保宣传启动仪式活动。

10 月 20 日，副省长周喜安在合肥会见新任德国驻沪总领事贺德满一行，主任雍成瀚等陪同会见。

10 月 21 日，一级巡视员张力芳出席安徽省与英国德比郡召开的低碳减排和新能源视频交流会。

10 月 26 日，副主任王年宝参加“百年征程　外事交响”安徽外事庆祝建党百年图片展马鞍山巡展活动。

11 月 2 日，副省长周喜安在合肥会见上合组织副秘书长舍拉利·卓农一行，主任雍成瀚参加会见。

11 月 5 日，副省长周喜安出席在上海举办的“中国（安徽）自由贸易试验区暨新兴产业合作洽谈会”。主任雍成瀚陪同出席相关活动。会前，副省长周喜安会见出席活动的部分国家驻沪领事机构负责人。

11 月 11 日，主任雍成瀚在合肥会见澳门恒宇集团中国区董事总经理陆惠德一行。

11 月 17 日，一级巡视员张力芳以视频连线方式出席 2021 年东亚地方政府会议经济产业分科会。

11 月 19 日，副省长周喜安出席中国（安徽）自由贸易试验区建设发展论坛，本次论坛是 2021 世界制造业大会的平行论坛。副主任樊忠厚参加。

11 月 19 日，副省长周喜安出席 2021 世界制造业大会韩国文化周开幕式暨文艺演出活动，主任雍成翰主持。作为文化周系列活动的中韩交响音乐会、中韩量子信息合作研讨会、安徽中医药大学—韩国韩医学研究院国际研究交流协议书签约仪式分别于11月20日、22日举行。

11月19日，副省长杨光荣出席2021世界制造业大会中韩高端制造业对接会，主任雍成瀚主持开幕式，韩国驻沪总领事金胜镐等参加。

11月20日，副省长李建中出席2021世界制造业大会新能源汽车产业发展论坛，论坛以“深化国际交流合作　共创零碳智慧未来”为主题，主任雍成瀚参加活动。论坛发布《中国新能源汽车产业高质量发展报告2021》。

11月29日，副主任王年宝参加“百年征程　外事交响”安徽外事庆祝建党百年图片展铜陵市巡展。

12月1日，我省与马里兰州结好四十周年经贸合作活动以视频连线方式举办，主任雍成瀚、马里兰州州务卿约翰·沃本史密斯和中国驻美国大使馆公使徐学渊出席活动并致辞。活动期间，安徽省马术运动协会、砀山县人民政府和马里兰州马业协会共同签署了《战略合作框架协议》。

12月3日，我办主办的2021全省党史学习教育英语演讲大赛决赛在中国科学技术大学举行。来自全省11个地市的20名选手入围决赛。副主任王年宝出席活动。

12月7日至10日，优秀外国青年知皖行活动举行。一级巡视员张力芳在合肥出席启动仪式并致辞。

12月10日，主任雍成瀚赴沪与上海外办主任张小松就深化两省市外事工作合作进行座谈，副主任王年宝参加。

12月10日，主任雍成瀚、副主任王年宝在上海会见德国驻沪总领事贺德满和德国工商大会上海代表处首席代表马铭博等人。

12月14日、15日、21日，“百年征程　外事交响”安徽外事庆祝建党百年图片展分别走进安徽农业大学、安徽新闻出版职业技术学院、安庆市。副主任王年宝、二级巡视员胡健、一级巡视员张力芳分别参加。

12月22日，省委书记郑栅洁、省长王清宪在合肥会见大众汽车集团（中国）首席执行官冯思翰一行。主任雍成瀚参加会见。

12月22日，我省与俄罗斯下诺夫哥罗德州举办视频会议。主任雍成瀚、副主任王年宝、下诺夫哥罗德州外联局局长古谢娃和中国驻喀山总领事吴颖钦等出席活动并致辞。

12月25日至26日，我办召开贯彻落实党的十九届六中全会精神专题学习宣讲暨工作务虚会。

12 月 27 日，主任雍成瀚应邀赴省委党校作“习近平外交思想学习报告”。第 82 期市厅级干部进修班、第 50 期中青年干部培训班、第 21 期选调生进修班等约 280 名学员参加。

12 月 30 日，安徽省企业与德国海外商会联盟合作座谈会在合肥举办。副主任王年宝参加。